大全賦會

DA QUAN FU HUI

永樂大典本

羅國威　點校

巴蜀書社

圖書在版編目(CIP)數據

大全賦會(永樂大典本)/羅國威點校.—成都:巴蜀書社,2022.7
ISBN 978-7-5531-1714-0

Ⅰ.①大… Ⅱ.①羅… Ⅲ.①賦-作品集-中國-古代 Ⅳ.①I222.4

中國版本圖書館CIP數據核字(2022)第074653號

大全賦會(永樂大典本) 羅國威 點校

策　　劃	王群栗
責任編輯	黄鳳嬌　周昱岐
封面題簽	柳惠均
出版發行	巴蜀書社(成都市錦江區三色路238號新華之星A座36樓) 總編室電話(028)86361843 發行部電話(028)86361856
照　　排	四川勝翔數碼印務設計有限公司
印　　刷	成都蜀通印務有限責任公司　(028)64716537
版　　次	2022年7月第1版
印　　次	2022年7月第1次印刷
成品尺寸	240mm×170mm
印　　張	14.25
字　　數	120千
書　　號	ISBN 978-7-5531-1714-0
定　　價	58.00圓

永樂大典卷之一萬四千八百三十七　六暮

賦　大全賦會三

聖人擬天地參諸身賦　盱江鄒子益　天地至大聖明與參擬其迹以雖異並諸身而曰三稟厥膺聰位乎中而有立揆之高厚質於已以無慙

厥初判太極而三才惟聖中兩間而並立揆之大造雖若異迹質以眇躬曾無二致擬非求合同者此理殊者氣形參則謂何顯而吾身隱而天地雖曰德稟膺哲姿全智仁顧藐焉淵穆以中處似判若高卑之位陳然而職覆職載惟職教以何慊辟上辟下揆辟中而亦均皆隱然運量之妙用非求以擬參於聖人德運乃神任此化工之托迹非求象同然已德之純

擬者何非規規驗動靜於山川非屑屑揆往來於寒暑三極肇判一機相與觀上下於堯躬亦率性驗情覆於舜已同揆叙茲聖神並立於其間特幽顯不同於所處明足有臨智足有執爲用也弘躬不必象已不必當並觀其所

大抵合隱顯而觀於迹若異與天地同大惟王則然彼琮玉可禮地由有意於象地璇璣可齊天尚容心於察天惟此則無心於

此擬自然與元化以周旋行爲則矣何待取法動應規矣奚勞象負參之爲擬非有迹也三者並行不相悖焉大易修之不假範圍之力中庸正此自同化育之權　且以流形於地岳瀆山川有象於天星辰月日是雖洪造之迹異而有大君之首出其身之正行同攸叙之五其身之修政並以齊之七果何心擬象以爲參特其用周流而則一想周正集命毋勞占測日之圭諒黄帝服形豈特驗吹灰之律　因知位奠而三由泥物理道貫於一始融性真今此内境湛一泓之水宸襟融萬象之春海晏河清吾心地之主静雲行雨施吾性天之運神此又能全造化之全體見還有一乾坤於一身堪嗟思正之太宗德求以合孰謂齋精之宣帝利待乎因　然而天時豈能無旱暵之災地道亦或失水金之性聖也德宇之春不盡發育善淵之妙無窮涵泳君子則曰天地之天地有否剥吾身之天地無睽離何待擬參於上聖　江西張深父　妙擬天地理融聖神以同出於太極故默參於此身躬膺智以有臨存誠者至準高卑而與合視己惟均常人多自累於群形上智獨妙融於三極謂胚腪之始既本同體則踐履之間固宜合德雖人有一身之天地鮮矣潛心惟聖參太始之機緘擬而順則　神以運德聰而繼天胄中元氣之流轉性内真機之幹旋不形其

形默探與形之始不物於物妙窺生物之先盖吾身造化同所出也豈妙
用工宰得無異焉作哲作謀方寸洞澄於淵鑑以觀以察一中還有於坤
乾　擬之曰陰陽分動靜則我之動靜亦然乾坤具剛柔則我之剛柔豈
異厥初相貫於脉絡反己何容於私僑係星載岳混融形著之誠德降雨
流霆凝合清明之神志非自形自色同一本原何徹上徹下妙參天地方
龍見尸居之際盡性無餘察鳶飛魚躍之間反躬皆備　言之曰三才異
勢非有極之外物上聖踐形全䝉躬之兩儀彼蜉蝣寄天地與物何異醯
鷄處天地豈人所爲惟此氣凝五岳之至粹心體北辰之不移乾首尊居
正此元首坤支順適暢於四支使上下蟠際與我無間豈土木形骸所能
自知想文后象明象以德純之日諒伏羲觀法觀於近取之時　泛觀夫
中受天地毓和粹於性情形肖天地寓方員於顱趾既同得於氣禀宜罔
乖於躬癈何虛舟其體者不知厚載之德何死灰其心者未識好生之理
彼形圓宇宙間塊爾者位此心在天地先自然之擬是則照臨運德皆吾
之日往月來行止隨時即我之川流山峙　然嘗論物有不倫則擬之力
有待道如本合則參之言可無迨天旱災殊湯德之配者水患異堯功之
蕩乎則已憂未得始驗龍蒩之放而事責過詳庶幾霓望之蘇使始焉兩

閒非有異證則渾若一體果何間吾是則宣既遇灾可不行修於瞻漢光
非闘野何勞指示於披圖　乃若河決何時而多慾自如霜旱何世而疲
形不已不曰錫智之王且因不雨以剪爪懋德之主尚以横流而罪己如
其不知參擬而徒借天地有憾之説以自文非聖人之心矣

聖人以天下爲大器　三山何文龍　天下至重聖人謹持爲大器以在
是宜歷年而保之寶位尊臨襲此累傳之慶緜區坐奄作吾巨用之資
聖人瑶圖光紹於累朝寶祚鎮安於中夏謂我家付託斷匪小用故予
心謹重不容輕假處兆民之上獨膺社稷於朕躬爲大器者何長保祖宗
之天下　觀夫濬哲高世聰明冠倫皇天眷命奄爾四海百姓屬心係予
一人可不以此重器負于朕身智足以臨任土地人民之寄安明所置豈
準繩規矩之陳　是器也國家重玉綿亘億年山河巨鎮雄吞萬里要在
永保毋容輕視受不在球而在商邑之封域寶非以鼎而以周原之疆理
捨是爲之特其小耳五百年曆數相傳之統業屬焉百萬井提封自治之
規摸係此　大抵人主以一身負其責以甚大天下非小物顧所置之何
如漢祚石盤關内增重秦邦瓦解殽函擁虚故此萬鈞雖重寧如萬國之
底定九鼎雖貴不若九州之奠居是器可謂大矣在我毋輕置諸五不必

修想舜帝治平之際六何用禮諒成王綱紀之初　至如爵云公器寧假
人爲威曰神器宜伸天討器或寓於藏禮器或形而謂道雖散而爲用特
天下之一物矧付予有家乃域中之大寶要將措斯世於無危所以多歷
年而永保抑見重惟仁舉歸仁起海北之夫利以德施觀德聳山東之老
又況鼎命啓中興之運寶龜衍奕代之傳侯圭男璧玉帛甸衛蠻琛夷
貝梯航陸川雖衆寶畢陳固天下之頤也然大器當重尤聖人之責焉是
則奠枕于京穆穆迓衡之俗覆盂而治熙熙擊壤之天　又當知扶持大
物非綿力之能成經綸重任得群材而爲盛釣璜如望出逢渭水之獵負
鼎若尹来就莘郊之聘然則聖人以天下爲大器而賢者又天下之利器
焉見臣賢而主聖　潭州周興　器孰爲大聖宜審觀以臣忠之過計措
天下於常安擴寶位之至尊豫思有托即縣區之巨用益底多盤　當其
乾符方開運以有歸震子亦諸祥之非脫然社稷重任貴在謀早故臣子
至忠過於慮遠非小智所及惟聖人可與守邦爲大器者何安天下宜
先正本　雖曰濬哲高世聰明繼天國勢民心之盤固祖功宗德之綿延
續曰躋之敬必有日以重耀統星拱之民將有星而粲前特坤器之傳至
重至大故臣計若過不容不然离照以明當衍我家之慶坤輿所奄敢輕

是寶之傳　蓋曰湯孫未立球當念於受商禹子將生鼎可知於傳夏事
機寧至於過慮儲嗣豈容於或舍必本思豫建民俾接堵毋嫡不早定勢
形解厄繼聖以聖固有待焉非器之器此爲大者五百年勃興運祚復欲善承
千萬里奄有封圻豫防輕假　吾知夫臣心知愛君常過所慮天下非小
物不安則危況大器脆成未必無多男之慶而大器難傾當先培萬世之
基此明君欲長世以繼體故儒者合先時而進規要使國本一正而磐石
九鼎宗祏載安而泰山四維器所謂大聖其審宜想文以是傳鼎有難遷
之象諒成能以守寶隆所遺之龜　故嘗謂憲宗中世豈無憑藉之紀綱
文帝元年未可動搖於宗社何大器難獨化切切於絳何大器在所置拳
拳於賈而且國嗣未立衆等之疏力請太子蚤建有司之言具寫蓋續聖
人後當日圖之故爲天下計又寧過也必言自魏蕃之建始免傳非使書
無楚客之規孰知安下　又況璇源襲慶纔十四世寶運垂休何千萬年
然而燕翼之貽當啓爾後虹流之兆未開厥先宜乎金闕寫丹衷之奏玉
音勤清問之宣謂日夜豫思臣計孰矣雖春秋鼎盛帝心察焉又將見繼
承寶重之休愈躋于盛恢拓金甌之業永保其全　又論之餽邊大計易
傷田里之和生財大道毋憂國家之命是以壽昌納粟終損漢富平叔更

盍反虧唐盛是必聖人以天下爲大器而所以愛護其器者靡不至焉則大本不爲徒正　盱江高仕卿　本正上聖慮闡普天以是器之爲大得其人而後傳擄寶位以端臨重離孰繼奄緜區而巨用主震惟賢　盖聞祖宗立國固欲衍於基圖嗣續得人乃能安於宗社創造以来有是重任畀付于後斷無輕假伊天下乃至公之天下器亦大哉非聖人復繼有於聖人責誰任也　觀夫正位凝鼎握符闡珍纂帝王今古之正統任社稷人民於一身念金甌自保固無負承家之責而寶奎相傳尤當資有德之人非建茲賢嗣每謹所授是有此重器與無則均稟德冠倫每異皇圖之衍曆待人後寶甚於王府之貽鈞　是器也中國磐石億萬載之丕基四海廣輪幾百年之輿地斷匪小用無容輕畀夏鼎貴矣必夏啓以乃授周寶重矣非周成而寧遺繼者述者必當其人保之惜之有如此器足以有臨也思子孫世守之謀擇而後措之皆夷夏生靈之爲　天下非小物猶置器之當謹聖君付後嗣必得賢而乃宜況幾年謹護萬幸脫桑航之險使一旦輕授烏能無累卵之危故欲奠坤輿之廣但當嚴震子之司必文帝果賢漢璽乃奉毋扶蘇不立秦車莫支知所重矣曾何殆而置以宜安請考賈生之語定之不易兼稽李絳之辭　盖始者應符創業幾載規恢

定鼎建都累朝培植嗟前人付我正期永保於鴻祚豈今日貽謀烏可或輕於燕翼得不嚴國器之守每擇賢輔謹神器之荷必求敏德使其付授之少忽縱欲延長而安得必敬於元子乃貽陳寶之邦非祗若嗣王豈付受球之國　抑又論付托於後固有緜延之望儀刑於前當創造之難必也念神璽之重則守位惟謹思銅駝之棘則寢薪敢安毋寶貨玉食嗜好徒逞毋瑶臺瓊室逸遊自盤以此正後代家傳之本斯可堅萬年國勢之磐將見西北舊疆故土重恢於疆界東南半壁諸侯復會於衣冠　然昔人嗣皆可立何必推仁孝之聞子固宜繼何必察謳歌之者蓋與其出於已見私以授受孰若採諸衆望爲之取捨夫惟今日以儲嗣爲天下公器而必參之公論而後正焉大器永傳於天下

聖人寶天地之綱紀　盱江鄧王孫

元化攸係聖人是司位天地之中也即紀綱而寶之躬全淵懿之資彌綸所寄首重高卑之統綜理於斯切原兩間所以立者扶植之功一日不容紊者經常之道如非謹重於明主果孰維持於洪造且天地自肇分之後綱紀已存通古今無可泯之時聖神是寶　觀夫濬哲生稟聰明夙彰念太極分兩儀有統有會而大君爲宗子是維是綱非彝常一理自我受護則天地中間伊誰主張膺此珍

符出任宗師之托貴茲統緒俾循高下之常 寶之如何正乾之統貴於
乾玉之良秉坤之維甚若坤珍之瑞張理所在扶持者至重堯之經堯但
文運謹舜之叙舜惟事治倘非寶此之綱紀毋乃塊然之天地一已任成
能之責審所當先兩儀有定序之常毋容輕視 請言夫厥初開太極綱
常之理已具其間無聖人造化之功孰全使漢緯唐經有少紊也縱隋珠
和璧亦何特焉故此加珍重保全之意任整齊秩序之權世未知有極順
帝則以敢後不可無倫訪洛書而是先予非敢忽乃所謂寶它有足珍恐
其不然想黃帝重茲皆屬緯經之域諒伏羲珍此咸歸綿絡之天 蓋始
者天有天綱紀而日往月来地有地綱紀而川流山峙人知高下一定者
序孰識經緯不踰此理聖乃齊而七政首在璇玉叙以九功先修金水非
聖人寶此是主是宰恐元工紊矣不綱不紀所以建功自武叙倫並惟玉
之珍德合於文爲政喻琢金之美 夫然故星珠月璧天象絢綵河帶山
礪地維闡珍或晝夜有經既秩既序或東西爲緯以平以均此真機運轉
果孰主於元造皆一理扶持大有功於聖人不見明三統以運三星志自
班生之述叙五行而次五紀範由箕子之陳 抑又聞經綸穹壤固已属
於九重恢張治化尤有資於衆正必也經陰經陽金甌碩輔之當軸維藩

維翰王帳元戎之分命夫惟能寶天地之綱紀又能寶賢以共寶之咸仰當今之明聖　江西汪仲遜　綱紀至重聖神謹持為天地以寶此貫氣形而統之崇一德以統臨主張自我秩兩儀而張理珍愛於斯　蓋聞兩間實有資總攝之功一日不可缺經常之道使吾心輕視不任重責恐元化無統必虧大造且天地賴紀綱而乃立信有其原此聖明必珍重於其間以為之寶　觀夫睿哲高古聰明繼天立一經常之統任兩儀宗主之權若曰德比乾王當今乾紐之運轉躬握坤珍必使坤維之混全使紀綱不有以寶也雖天地亦幾於塊然眇躬全曰睿之資輔成責重一意貴統元之妙高下繩聯　豈非陰陽有以繩乃循寒暑之經上下無以統必紊尊卑之位當貴所保毋輕以視堯舉而經重於堯王之薦文勉以張有甚文龜之遺何常經所在視若珍寶蓋一目不張有虧天地九重儼若宸躬膺輔贊之權歷代重之元化得彌綸之義　大抵綱常正理貫三極以統攝明聖贊化謹一心而主張況杓衡天之綱環拱衆星之列江漢地之紀流分萬派之長信所謂商緒周經之秩有甚於隋珠和璧之良山河由此正襟帶咸秩日月自此明緯經有常使大經不謹以不重則洪造孰維而孰綱想黃帝羅星何必元珠之索諒成王經野無煩鎮器之藏　是寶也

考之於易綱曰祖綱著之於書紀云叶紀向非寶重河圖彌綸八卦之道實居皇極紬繹一中之理則何以天以之經歲月運轉地以之緯山川流峙九上下千餘年宇宙秩若皆前後數聖人始終寶此使統如失漢漢皇何取於振金若綱既漏秦秦帝徒誇於傳璽　常觀天經斁於旱勢極焚虐地維裂於水倫嗟汨湮迨夫周綱復振於鳴佩夏紀力扶於有鈞所以績用底成自致琳琅之貢蘊隆已殄何勞圭璧之禋於紛擾之餘復秩定位見統攝之功有資聖人更令績就撫辰亦仰體在璿之王抑使經勤強海又將分鼇瓚之珍　抑又聞胷中有造化器與道融心上起經綸理明慾淨故我金石其令謹綸綍於告詔圭璋其行守準繩於德性是必寶一身之綱紀而後能保兩儀之綱紀焉建天地而關百聖　盱江陳彥誠

綱紀至重聖神謹持因天地之錫此任宗師而寶之端履位以有臨妙而獨運保常經之無墜足以相維　聖人貫統形統氣之機妙立極立心之道謹重一意扶持大造且天地豈能自運予總其權使紀綱少有不齊是輕其實　觀夫黼設冊扆旒垂紫宸知此理實兩間之脉絡在吾心妙萬事以經綸且曰典雖所秩也予必勑典倫固所畀也我當叙倫能於綱紀視以為寶所謂天地立之在人以執以臨得工宰獨專之妙曰張曰理誠

高卑可貴之珍　是寶也藏於家兮繩繩父子之倫瑞於國兮總總君臣之義以齊洪造之常序以秩化工之定位舉堯之經大符堯帝之訓勉文之緯紹即文王之遺此聖明中有主宰捨綱紀外無天地統御仰聰明之冠運以不窮整齊合上下而觀保而無墜　請言夫幽明與並立異勢同理今古不容墜三綱五常况乾成男坤成女人之性本貴而陽爲夫陰爲婦氣之和亦祥信彝倫可不珍重在上聖力爲主張湯后肇修旒不必綴成王以治鎮奚待藏則知欲立天地在扶紀綱想尺璧可輕叙道本爲於夏后諒介圭寧用緯方由起於宣王　盖始者瑞陳龜字胚腪正直之彝珍負馬圖發露剛柔之理向非寶皇極兮範建周武寶神昜兮畫陳羲氏則何以定八卦之首而植立乾統叙五行之次而維持歲紀非秩吾常道可與立者是有此至珍反爲輕耳毋若亂繩未理璧徒託於雍郊寧如失統莫操鼎謾誇於汾水　迨夫人紀一齊地紀截若朝綱一肅天綱秩然琴入五絃之奏帶兼四海之連貫作珠星合作璧月植爲朱草液爲醴泉以此見闡揚珍符之地皆有關扶持正大之天更令永以綏民商后弭雉飛之鼎謹而徽典姚虞正璣在之璿　終之曰鈞衡攺正則星且攺躔鼎鼐失調則水因失性必也綱戒其陵拳拳補衮之望紀齊所領藹藹繡裳

之詠是又所實惟賢以共扶天地綱紀焉咸仰臣賢而主聖

聖人接三才理四海　盱江陸定甫　道貫太極聖司治權理四海以孰是接三才於自然嚮此離明因統元而紹續推而臨御默與世以周旋聖人即心爲夷夏之經綸揭人與乾坤之綱紀續其一脉未始少間治彼群方曾何強使且四海非三才外物無所容私接三才於四海中間是之謂理　大以能化廣而運神自渾淪肇判於萬象而總攝實歸於一人所以身有極之後繼繼建極冠群倫之上緜緜叙倫純乎任理以接以續外此爲治孰成孰因祖乾綱於兼御之時使之聯絡通泰道於皆徠之域順以彌綸　吾非創爲之統而臨統一之天吾非強習其紀以御紀爲之地貫必有道治寧任智格上下授人時南秩朔易叙平成厚民生東漸西被運其機而不強以力舉斯世亦莫知所自陰陽之準民極之立續續匪私舟車所及人迹所通安安無事　吾故曰總一世權綱初匪容力續三極脉絡當無已時盖覆載中物莫踰天地之形氣而宇宙内事不過君民之訓彝故聖也本諸性以非鑿安群生於不知則皆順帝道化四被智若行水敎聲四馳接之勿使間耳理者曾何強其若曰兼臨三復華譚之語如云輿廣載稽仲郢之辭　盖四海乾清坤夷惟驗乎河岳日星家齊國

治所辨者君臣父子然而三綂不屬元氣間斷三綱少紊彝倫廢弛是必有叙疇之主乃悦服於内外無修府之君曷會同於遠邇信接而理之非矯拂也特因彼本然以維持是不見堯邦奄有文經相與以運行湯域肇開人紀實爲之終始　彼有脉三才於胷中以絶爲繼置四海於度外雖安易危釁稔西層舞殿風雨禍基南幸華清苑池或艶挺趣焉侵國之難作或色變羊車亂華之變隨於大造生民秖自絶耳則一縷治脉將誰續之豈止夫仙承臺露於柏梁耗虚者漢人綴衣氷之花綵沸湧於隋　又孰知聖全仁義先得我心聖極動静互根二氣斂而方寸之變化散則萬形之經緯故曰未理則爲三才已奠之四海既接則爲三才未判之混元聖乃混元之謂　盱江余子範　聖以順動治非力爲合四海以主是接三才而理之洪惟貫道之君妙融其際安彼從風之域各得其宜　切原造化人心有此自然聖明治世因之而已惟順其成法洞洞幽顯故何所容力安安遠邇聖接三才之一脉形其無形時臻四海之群生理皆自理觀其德冠于古化馳若神動作蔑一毫之僞流通本太極之真繼善之成續續陰陽之道緝凞之止繩繩父子之倫蓋合氣與形本不外理故成順致利因而治人不可知之謂神顯幽無間推而放諸而準脉絡相因

由是上乾下坤垂世衣裳愛親敬長示人仁義物各付物事行無事配順得人安堯奄有之域平成治事叶禹會同之地蓋三才之理當然而然故一人之治因利而利從容以中合財成左右之宜矯揉毋容極南北東西之自 吾知夫一道妙之真自散氣形之內開世運之治豈容智力之私蓋物物具乾坤惟順乾坤之位而人人有孝悌俾先孝悌之知況此上判斷鰲之極下安慕蟻之思髙卑之位爲萬世以制禮長幼之倫由九疇而叙彝吾惟性所性以接此彼自安其安而得其奧且廣焉傳載稽於仲郢兼而兩也易乃係於宣尼 蓋謂水惟修則平土居之春既正則厥民析矣下之平也老老長長政曰善哉父父子子聖乃因彼固有安乎汝止妙氣形識之統混以兼統立天地人之紀以之爲紀非人力強以致焉亦天理所當如是不見意之同心之得虞舜光施德則合民則懷文王率俾然嘗謂一而二二而三一之妙無迹極生兩兩生四極之真默傳三才兼而由性順此四海遠而惟心邇焉山川雲雨不出清明之氣臣民家國勿離仁智之天雖行於不擾俾事物之理也及欽而蜜藏泯識知於寂然更令入以精神妙屈伸於龍蠖察於上下自飛躍於魚鳶 乃若振杏壇之四教日月民心揚木鐸於四方埴篪道氣刪詩定禮名教宗主律時襲土

乾坤經綸吁明王不出於海内而三才之道屬夫子焉此率性之謂修道之謂

聖人抱誠明之正性　盱江黄義夫

伊性之正惟誠則明本上聖之素抱異常人之習成妙獨智以有臨心源瑩徹懷一真之不昧天稟純精聖人二五與合太極融融毫釐不雜靈襟瞷瞷與生而俱若此至粹退藏於密非由力保且誠而明謂之性至矣何私維天之命存於心斯其曰抱光以履位淵而冠倫躬兩儀大造之異稟脉五帝三王之本真妙中庸不息胷襟之監常静存大易無妄已分之蓍甚神我所謂性力非以一人不勉不思匪賢者操持之比則形則著皆天然賦予之純　抱者何體胖不欺知至機融室闇無愧神潛境淨乾坤胷次之高厚日月襟期之暉映情不決兮自無失指之失和默保兮妙得流形之正不以人爲純乎天命達浩浩於經綸之地精蘊可知欽昭昭於悠久之天私邪悉屛　言之曰無一息之妄斯心境之自徹致纖毫之力非聖人之所爲況光岳精英毓作殊常之質則氣象渾涵常如無極之時今此即實心而融我實見妙至理而發吾至知誠則明矣可謂粹矣抱者性之曾何守之非必服膺則動述戴生之語毋煩執善不思形韓子之辭　蓋是性也愚者障其誠豐蔀斗

以何知私者鑿其誠井觀天而莫竟亦豈無進此以有覺又不過復焉而持敬幸此間氣鍾于上聖飭五常之天昭若智燭包一書之易絜夫心鏡茲純然渾蓄之粹無所謂修為之病精由微著姚虞悉所守之勞純以顯言文后播聿懷之詠　抑又聞必謹其獨者聖之學莫見乎隱者心之誠宦官女子性易溺於所習闇室屋漏性安知其不情要使襟內太虛纖翳無礙罔中真境一塵不生雖不假持循之力亦當防偏倚之萌將令被褐以懷輝含玉潤抑使尸居而默顯甚雷聲　又當知卷之藏一心固誠學之純放之彌六合乃明通之盛察鳶魚飛躍保育萬類同兄弟顛連包容百姓蓋明則動動則變變則化而後為天下之至誠故曰惟至誠能盡其性

聖人根中庸之正德　國學林友龍　性具天德美該聖人根此中庸之正原於資稟之純足以有臨先得同然之善究其自本獨全至矣之真

蓋聞人均至善易汩人心天生上智獨該天理凡粹然一德之妙皆極彼鮮能之美且中庸之德謂之正性固有之無毫釐之偽雜其間聖能根此誠以拔萃自出向離獨尊芟除人慾之私偽涵養性初之本原融止善之天非由擇以固執造自誠之境不待閑而後存衆理具足何者非正一

毫無假乃其自根稟有容有執之資淵淵浩浩全不易不偏之善本本元
元　是根也無心茅之塞何用鏤心無性柳之戕奚勞率性渾然天理之
妙孱爾人爲之病養蒙之果時叶蒙象固乾之幹信符坤行蓋不中不庸
豈謂正德惟異衆異賢斯爲上聖生而知也粹精得天縱之能本其至乎
篤實極日新之盛　大抵理與生俱生均具天然之粹聖能性其性不參
人者之私況辯養息存得實地渾涵之素而理明仁熟乃善端呈露之時
惟聰明睿智之爲至實廣大精微之所基發而中節即未發之喜怒數而
爲極本末數之訓彝自本自根有此德也非身非假純乎性之相適以之
純祇本文王之克諒率而有大精原虞舜之惟　蓋始者根仁根義均此
善心根陰根陽渾然太極其奈邪妄汨其正易蔽資稟好樂戕其正浸虧
物則小人反中庸每每自梏君子依中庸拘拘務植惟聖維乎天不離乎
人故性具此理實根此德虛焉是溺異蒙莊若槁之心輿僂能知小孟子
其性之色　況聖也璪旒天廣於睿聽翠幄日親於鉅儒覩中庸之鑑佩
此正訓入中庸之道遵乎正途所以暢則有德林之茂發而爲德藻之敷
雖渾融所性聖者事也而培埴此根學之力乎是則仁自此成仁隨充於
有實行由茲顯行亦見於爲株　又當知以此性根此德不梏於私出乎

身加乎民共由具正叙彝而後孰不有守建極以還疇非順慶然則聖人
根中庸之正德又將使天下皆為中庸之民爾德徧為於百姓　三山佘
汝舟　天德之正聖人所存疑造化以妙合有中庸之素根道得不思具
此生知之蘊行該為至粹然自出之原　聖人具最秀之秀於有初自與
生俱生而先得本體胚腪有大蘊蓄善端萌蘖不勞培植至精至粹實鍾
為資稟之純自本自根莫正者中庸之德　出類拔萃繼天冠倫一塵不
芥於真境萬善皆叢於此身胷中太極受不盡之生意性而至誠涵自然
之本真信知德其德以自我所謂天其天而不人非或利而行或勉而行
由生以稟即不易之謂不偏之謂均具其純　是德也心不必鑱曾無刻
楮之勞善非待擇自去揠苗之病見自睟面歸非復命謹乾之言因以斡
事亨蒙之時養於果行非栽之培之以為功由性焉安焉之謂聖獨備生
而知之粹實異常倫兩無過不及之偏自存謙柄　乃令知德非身外物
所稟至粹聖具性中天其生有殊況萬善萌芽已具精英之秀苟一毫矯
揉殆將潰潦之無稟德性者豈人力乎道云允執植作道本行曰有常發
為行株何聖焉於正以不失是德也自生而已俱所謂茂昭道自商湯
之立不勞滋植彝知周武之敷　吾故曰二氣五行均此自然萬殊一

本初無異者何小人反中庸或至於戕杞何君子依中庸尚資於養櫝得
非賢特異衆愚甘為下惟聖獨能根之有本固如是也想有於秩禮寧易
葉以後知諒立自修身豈芸田之或舍　又嘗論挺然異於人固具陰陽
之秀有以養其天猶加雨露之滋故聖也壑闢情田之耕耨發敷經訓之
菑畬觀因材等言則栽者培矣誦執柯數章則睨而伐之此又以誠意正
心之學而為吾養根俟實之基如節中以和其至得道端之造若物言其
發之純稱天命之惟　聞之師曰陰根陽陽根陰同出一機聖與賢賢與
聖本無二性必擇如顏子則體具顏子苟執若鄒孟則材稱鄒孟是知安
行之與利行者雖異而其歸根也則同粹然一出於正

聖人抱誠明根中庸　三山陳晞傳

神聖素抱誠明內存包體用於未
發此中庸之已根躬稟賓聰斯合靜虛之性生全正德大為培養之原
蓋聞身外無餘理本本素存聖心一太極生生不息自厥初得所命以稟
受而此道已於斯而培植誠明皆固有純乎天不雜乎人中庸不可能抱
此性始根此德　蓋聖也間氣鍾毓一初混成包含乎天地全體融會乎
陰陽五行心境無塵神集虛室性天不翳氣涵太清胷中大造恢有餘地
天下萬善根於至誠先得所同然濬若不膠而不擾其可謂至矣由茲資

始以資生　豈非二五俱凝乃一元長育之基冲漠無朕實衆善萌芽之
始中具至粹外非實理存若純乾畜爲謹行之善哲如洪範敷作無偏之
美生成此德有本者存負抱之初已根乎此出其類拔其萃始者渾然動
生陽靜生陰能之鮮矣　大抵理與生俱生合萬變於一體聖獨秀其秀
散一真於萬殊蓋上天所命本至正大公之妙如寸念未實豈淫朋比德
之無所以上智異夫下愚性乎用守無性柳之戕賊心不待揉豈心茅之
或蕪茲聖真純粹之天也乃善行滋萌之地乎舜盛其忠精一奚勞於允
執武端乎信訓彝何暇於言敷　思昔負陰抱陽均融二氣之精戴仁抱
義皆得五常之正意胚胎同此實地則發見無非粹行桀何智者人其天
肆其刻楮之巧愚者情其性賊以揠苗之病非聖人求異於衆人蓋此性
不離乎正性既合而有體剛柔可貫於乾坤毋睨以伐柯忠恕已生於性
命　又當知天之降衷均具於一本賢者希聖當防其七情故齋心如顏
子忘禮忘義盡性若子思則形則明一則擇中庸而具是體以不遠一則
作中庸而戒其材之覆傾使千萬世宗盟推曰亞聖亦二君子力學造於
至精若曰謬懲身陋莊周之槁既全剛大性宜孟子之萌　然而民吾同
胞困私習以梏亡天生上聖覺群心之淵浩必也寂感一機順此性於神

易正直數語會天人於王道然則為天地立心為生民立極皆不離乎德性之中俾亦各全其負抱　三山陳堯章　神聖獨抱誠明兩全挺姿稟以特異根中庸於自然得以不思蘊自初而謂性充之有本發為德以皆天　夫惟經綸心上之真筌發越曾中之太極惟則形則著有大涵養故不偏不易由茲培植誠明聖所至純乎天不雜乎人中庸民鮮能抱此性必根此德　時其教闡神道化恢大猷包括性初之工宰胚胎心學之源流如止水不波萬境俱澈如太虛無翳一塵不留有體有用洞洞無累自本自根生生有由全寬柔溫裕之資心存至正發廣大精微之用道豈它求　想其欽龜疇之哲而芟彼黨偏開羲易之邪而萌夫言行但存培養之力自有榮華之盛性何待率而戕無性柳之賊心不必鏤而塞去心茅之病凡我培何者以非德見保抱實原於所性德崇業廣素存乎理徹境融本立道生親得乎心傳面命　請言夫善根發露本諸性分之素抱天理混融萃在聖人之一身何躝中處外合體用之異致猶自技及榦同陽和之一春聖所謂性天而不人秉繼天之靈而敷暢天德懷盡性之能而發萌性真所抱皆正其生有因若曰為能請考戴生之述如云無過載稽韓愈之陳　彼有自明而誠賢者所為不明乎誠小人自處是故中庸僅

能擇柯執此以徒泥中庸不知守木伐之而失所兹聖異乎賢不肖奚辨必和積於中精英可咀愛如合抱之桐刻戒無根之楮想存而德傅充爲言行之常諒建以哲推數作訓彝之叙　今我皇聖學留意經筵銳情篤中庸一篇洒洒宸翰講中庸數語琅琅玉聲亦曰誠毋自欺參太學之旨趣明以用晦探易書之粹精伊君德養成學有餘力見中道植立正由此生是則萬物育焉蓋本宣尼之不惑兩端執此亦原虞舜之安行　愚嘗即顔子之論以詳推以孔伋之言而訂正何中庸言性誠妙贊化何中庸載德明稱爲聖及其至也德即性性即德何所抱亦何所報了然心鏡

聖人抱正性根正德　三山鄭德淵

聖所謂性天而不人躬抱自然之正德根固有之純淵默何爲蘊此誠明之實本原自出粹然物則之真閫之會中太極該貫一真吾身實地渾涵百行由胚胎純粹獨妙所蘊故英華發見蔑加其盛且性均此德有於初難保於初惟聖異乎人抱其政乃根其正　觀其大以能化得於不思蘊造化妙凝之氣如胚腪未鑿之時蛇伸蠖屈藏物外之萬變魚躍鳶飛具誠中之兩儀惟方寸之地洞洞無撓此中正之德生生有基聰明睿智以有臨生而静矣篤實輝光之所發行本安而　豈非受中于初巳萌蘖於中庸有物之始實胚腪於物則

毋煩擇善以操守不待以人而培埴乾幹非自固保於乾命之粹坤支豈偶暢發自坤元之直則知身外無物性中有德至誠又盡蘊則形則著之天生稟所鍾爲無比無淫之極　吾故曰德非性外物本身得於生稟聖與人同體特此全而彼虧彼性曰修性尤假操修之力而德云植德又幾滋殖之爲惟此智燭獨炳心淵内夷杞抑不戕何待蕙種桐梓既養奚勞務滋曰抱者何全則在已以根而論本諸秉彝首謂誠而注考鄭公之語歸其源也書稽李氏之辭　至如孝曰根也德爲至孝之基仁謂根也德乃行仁之政然而仁本常性包涵固有之稟賦孝爲天性蘊蓄本然之愛敬信抱之根之蓋亦同源既始是終是莫如至聖想善爲易簡得於素稟之降衷諒則以威儀亦我有生之定命　而況乾坤真氣之秀毓河岳英標之粹存性得以養性因以尊然且明德片辭參稽大學之成訓達德等語佩服中庸之格言雖性之有德固奚假於學力然學以進德尤養成於性根何異夫心蘊成王萊杞著邇音之茂善稱堯帝茅茨彰克儉之温雖然性宮洞徹則衆善由生天君不撓則外邪悉屏必也知德之奧湛若靈府含德之光昭然心鏡故必有正心之學而後可以抱正性而根正德焉夫豈徇人爲之病

聖人順性命以立道　與化林濡震　氣散乎極聖全是彝性與命以順
也道以身而立之夙全超古之資因其稟受懋建統元之理賴以扶持
聖人後太極而全太極之功先群心而得群心之理非稟賦之初因以無
咈何扶植其間秩然有紀曰性曰命而曰道蓋本同然立天立地以立人
順斯可以　時其出震主器繼離面南彌綸元化之功大貫徹真機於內
涵窮大易之理而理與心契率中庸之誠而誠無物參非順其當順道出
於一何立之斯立用能貫三當位居龍德之中因其各正自氣判鴻濛之
後建以何慭　蓋曰陰陽動靜即二實之流行仁義剛柔本五常之負抱
貫通乎此理一脉培植乎生民大造成而惟后全吾輔相之大建以自皇
錫汝猷爲之保惟聖明所立初匪容私見性命之外斷無餘道位也獨尊
於九五付予獨全理焉昭揭於兼三經常可考　請言夫窮理以至命命
非性之外物離身以求道道與身而兩岐況天爲氣地爲質乃造化之定
則而仁主愛義主敬亦賢愚之共知聖也進善念於樂天之日滅私情於
盡已之時公覆載之心親上親下正長幼之序有尊有卑可與言也初非
強而中曰以形繹載稽於康伯理陳將以説更考於宣尼　蓋始者命凝
乎二氣而陰吸陽噓性具乎五行而火炎水潤義定於命而命本中受仁

根於性而性惟正順信自幽而顯同一機括故此順彼立有如符印所以
八風平八紘一純德自文五典叙五教明體仁由舜　思昔鰲極未斷而
至理猶隱馬圖既負而真機始開一健一順而乾闢坤闔一消一長而否
傾泰來性云成性善本可繼命曰致命理無不該此千百年立道其本屹
若皆二三聖作經有功大哉知以不憂化允同於成物大而悉備數亦見
於兼才　抑又聞一身備萬善是理渾涵萬殊歸一本有機出入陽主乎
剛蓋本同出陰屬乎柔初無兩立吾故曰聖與三才非二致道與性命非
二物焉於講論而當及

聖人紀綱正天下定　建安陳癸發　教立上聖躬臨普天正紀綱而定
也安名分之當然仰惟實曆之君繩乎張理徧及寰區之俗晏若生全
聞之古今不可無世道之防分義自有安人心之理非上能設教小大不
紊恐民各越常爭爭必起聖臨斯世敬莫大於君親志定敷天正蓋先於
綱紀　曆智間出聰明夙賓躬任彝倫之寄行爲當世之師詔王以馭繩
繩八統之兼舉事親爲大秩秩九經之具垂聖握其機所以正也人知乎
理自然定之運乃武運乃文目張于上莫非臣莫非土枕奠於斯　想其
帝堯舉大族乃睦親戚右能爲官斯董正井井一理安安百姓父子懷其

生曾無紛擾之患君臣守厥位寧有僭陵之病使夫人安禮義之中蓋斯道實綱維於聖群倫卓冠整爲張爲理之方萬國咸寧盡事上事親之行吾故曰理有不容紊者由聖明之力世所以相安者知分守之常民何以興經本能正國何以滅維先不張惟聖任君師之責俾人知愛敬之方孝經於家而孝盡事父禮繩於國而禮嚴見王定非求定於上下安所當安之紀綱若曰以爲記考戴生之述如云不失注稽鄭氏之詳　胡不觀分存於纓請而鼎重周邦孝寓於弦歌而物和舜野湯惟修此民瞻商邑之極禹但爲之侯會塗山之下使不綱不紀烏得正諸則孰君孰親終無定者倘匪維張於禮義齊則傾乎但令經立於法程漢已安也　彼有紀綱大基者未免爭功之習紀綱永命者或貽慙德之愆舞佾僭禮綱且蕩於王室借鋤德色紀謾陳於少年堪嗟世變至此極矣安得天下定于一焉必有聖君之作乃知人道之先不惟察彼安危慮薪積火然之勢豈止施于號令神風飛雷厲之權　矧一令綱爲於上令自君行紀修于下志由民定自然無取帚之風忍及父母無胥厥之習至形朝廷斯時也紀綱既正將爲生民立命爲萬世開太平孰不一新於觀聽　三山劉澤民　天下望治聖人總權正紀綱而自定知體統之當先稟獨智以端臨張其小

大俾寰區之底又晏若安全　切原人心無檢束難使之安治道有統要
不張則弛惟條目繩繩罔不整飭故邇遐晏晏同躋寧敉且民烏乎定非
聖人他有規摸意本正於先俾天下各脩綱紀　觀夫性稟睿哲德全發
強禮維樂統之具舉刑綱政條之畢張夏王穆穆昭夏憲度周后勉勉秩
周典章何修明治具庸亦繩檢以繫屬民心有關紀綱明以冠群萬化悉
歸於張理治之于一四方坐底於安康　想其尊卑之經立而臣盡敬君
內外之統明而夷無猾夏治舉于上人安乎下是宜父詔子兄詔弟和藹
家室耕遜畔行遜路俗陶田野非隄防品節自我正焉恐乖爭陵犯何時
定也惟資淵懿井乎其有條乎民俗安寧遠者何殊近者　請言夫致治
在乎君何治不立齊民有其具安民所基匹夫非亂秦秦實自漏諸鎮豈
服唐唐能永持我得不扶植百王之治統脩明萬代之民彝義維一舉相
敬相遜禮經一秩有尊有卑俾民物自今而一定見紀綱與世以相維記
請考於戴生德云和此注更稽於鄭氏音謂言而　況是時肆請纓之僭
者侯服恃強邀賂繒之利者夷方逆命赤子亂繩紛爭之俗或有孽妾覆
絲侈靡之風猶盛嘆人人越分守未易遽治則事事有紀綱詎容不正惟
能振舉於萬化自可乂安於百姓想舉如堯帝邦果見於叶和諒修若成

湯政靡聞於絲競　嘗論夫漢紀紛而炎漢中否周綱蕩而東周已遷何思見官儀三輔晏若何共尊王室諸侯帖然得非仁得天下綿絡三十世義統天下維持四百年信紀綱特抑末耳而德澤又其本焉是則萬國繩聯地闢神州赤縣百蠻索引有来桂海冰天　抑又聞經正則民興有不紊之綱維身齊而國治當率先於朝廷今也詔傳萬里則謹吾如綍之詔聽合四海則端我循繩之聽此聖人又以一身之紀綱而惟為天下之紀綱内外自聞於安定　三山林允元　天下命脉聖人紀綱上一正以乃定分相安於有常經諸範以維持秩然條理措群方於平治截若隄防　蓋聞君師之職世教攸關分義之天人心所止常經秩秩既有其序舉世安安無踰此理生而群者非聖人何以檢防正則定焉使天下一於綱紀倫自我盡法由我盡為地義天經之宗主於人情世變以維持軍國體統庭大邊細君臣等級堂尊陛卑開闢以来有以存耳整齊而後夫誰越之予惟精德立中扶持不及爾自望風成俗寧一如斯　茲蓋中庸九經等别臣民春秋一統分存夷夏有主張是無陵犯者人安人之道外不得以踰内民順民之志上豈容於陵下苟人心無以律之則天下烏乎定也人倫至矣統必有宗會必有元海内化之強無暴弱衆無暴寡　大抵君示

人以分是乃相安之地民有欲則爭特其未定之天衛纓不請陪臣之僭動矣漢維一制捍將之譁帖然予一人管此繼要爾四海歸吾帶聯使士卒畏主師兵紀森若使王公臣皂隸朝綱肅焉於此絕陵犯乖爭之習以其有維持限制之權若曰作爲紀考戴生之語如云善計又稽韓愈之篇

蓋聖人設賞罰之繩以銷兵卒之悍驕張廉耻之維以障士大夫之奔競臺綱清肅小人畏君子之黨國紀赫張天子制外夷之命彼雜然天下之風俗終定以聖人之中正成湯修此式隨見於九圍堯帝舉之平豈惟於百姓

噫人居戴履惟分難越國有網維即家可推索震之男加以蒙養係壯之女絕其覬覦毋曲沃編衣皐落將戰毋阿房暮絃山東已離雖明分固有係人心之道然正家又爲定天下之基家早下於純坤戰何疑也室咸宜於大學止乃知而

毋曰經生出位烏可議於搢紳小臣越職不當言於朝廷蓋舉牆闕下可以伸多士之氣裂麻庭中可以回九天之聽是則扶今日之紀綱者正當續公論於一脉如綫之時國是定則天下定

聖人輔天地準陰陽　饒州程式

聖妙贊化氣惟叶時輔天地以孰是準陰陽而見之雖居覆載之間若何而相但揆推移之序俾中其宜　切

原二儀肇二氣之運行大造資大君而統理非来往之間能揆厥序恐參
贊之任有慭諸已天地所分者闔以陰而變以陽聖明其知之準乎彼即
輔乎此　聖也敬則躋日聰惟繼天自開闢高卑之後撣扶持造化之權
然而定未定之時定非在於成歳平不平之土平豈專於濬川必其準二
氣以秩若始見輔元工之自然欲竭我力焉仰不愧俯不怍在揆斯序也
夏無伏冬無愆　豈非贊乾之化在乎乾健之宜扶坤之元當揆坤柔之
次舒慘有則財成無愧所以律叶八風節叶十雨衡齊七政柄齊四季非
陽得其理陰得其道恐上慚乎天下慚乎地雖本因爲以盡翼之使得之
誠必叙俾秩然有揆以取平之義　言夫氣行隱顯恂豈自舛以自順聖
任範圍責賴是綱而是維非春而生秋而殺揆度中節是貞者動方者靜
扶持賴誰信欲盡大易相宜之理要當無由庚失道之詩規矩不踰候叶
裒兑權衡皆中序平坎離所謂輔者於斯見其想元氣能調何愧平成之
黄帝諒四時必節奚慭綿絡之包羲　况是時二曜薄蝕天浸柰於常經
百川未理地莫平於庶土此元功幾至不立賴上聖力爲之主得不持茲
六度六氣使正立以五則五辰隨撫亦曰彼陰陽一造化初非天地之外
物豈天地間工師勿使陰陽之叶矩不此致念豈其爲輔倘欲誠而贊育

係宜秩於星辰如將相以叶居若當調於暘雨　嘗論氣象有少乖因貴準繩之任上下苟未奠尤資扶植之功必也誠存欽若時則敬授患拯懷襄水無割洪使地得地之宜治府治事使天有天之序秩西秩東既心賴我立功賴我建豈序難使正氣難使中更令三光全寒暑平過差蔑有五紀叶歲時順代謝無窮　噫少陽後嗣貽則未聞窮陰小醜抗衡猶且不思拓地恢疆宜斥戎虜繼天承統合安宗社愚請歌豐水詒謀車攻復古之詩為今日規此又輔相之第一義也

聖人輔天地恢皇綱　三山王必用

天與地立道由聖財非人力以能輔惟皇綱之是恢稟獨智以在躬責爲甚重贊兩儀而建極統所由開聞之造化無全功賴吾道以維持帝王有正統爲兩間而宗主欲其盡贊助之一意可不闡經常於萬古天地非皇綱不立孰使之恢功用待聖人而成實爲之輔　時也虎變當極龍飛御天躬膺大造之付託道貫三才而斡旋能事畢矣曲盡成能之責化鈞運矣猶操贊化之權使綱常有未立者雖天地亦幾熄焉淵默無爲任一世經綸之寄財成有道闡百王統紀之傳　意曰萬世有君臣則乾坤之位不移一日非仁義則陰陽之機亦秘此所以任彌綸贊相之責示廣大包羅之意洪範五紀歲時日月之

功用大易一經山澤風雷之定位使皇綱不泯於今古見上聖有功於天地躬全睿哲默參元化於無窮功贊高卑不闡大猷而昭示　大抵聖為綱常王自有妙於工宰道與天地並實相維於久長彼日星非無紀或至失次晝夜亦有經豈無亂常信乎資道統以運用所以待聖人而主張天欲其秩叙典自我地使之平建疇者皇厥功正大造之有望是理豈一朝之可亡使不叙彝倫功何資於周武惟肇修人紀奉無愧於成湯　人徒見南北經東西緯秩秩以繩聯日月躔星辰紀森森而輝映謂無功固自有於綱理而妙用亦何資於明聖豈知禹倫既叙有必治之水舜典弗明無可齊之政如非獲斯道之助寧不為全功之病想勉如用后乃形曰緯之言諒永若唐宗因奏頊絃之詠　胡不觀天方定位而象數成列地不愛寶而龜書效祥然而道非自深必綿絡於八卦彝不自叙以範圍於九章但觀運用不足於造物乃見經綸有餘於聖王必握以闡珍經自漢皇之道毋歌其日旦蕩嗟周后之綱　斷之曰綱維一理其用不窮扶植三極於君有得今也張而為維廉耻之道不泯畫而為統仁義之經常在然則是綱也為天地立心為生民立極焉豈特輔化工之不逮　三山劉必得　聖輔天地統傳帝王以一身之大造恢萬世之皇綱仰獨智之成能

孰窮妙用贊兩儀而建極丕闡經常　蓋聞洪造無全功責任在君百王有正統源流自古使彝常一理不有以開廣則高下兩間孰爲之宗主且吾道待聖明而後立大以爲公謂皇綱與天地以相維恢之乃輔　誠以睿智高古聰明繼天然念辟上辟下必有任辟中之責職覆職載所宜司職教之權然非植斯道以不泯何以成其功之未全躬負全能稟實睿實聰之懿力扶元化闡大經大法之傳　蓋曰紀非自順原於修己之初經曷有常本自立經而致正大一理維持二位教始於中庸乃全造化之妙道立於易象始任成能之寄使元功無或息之機緘豈人道果無關於天地位隆乾造綿綿休命之維新道佐泰財秩秩大猷之不墜　大抵厥初開太極必有以扶植是理與化工相爲於乂長鯀水懷襄以洪範之斁鯀商物暴殄亦五常之侮商以此見立心之責正有資作極之皇覆載大功係於敷我之五典平成妙用寓在敘疇之九章非舉此宏綱自我工宰是塊然二氣烏能主張既曰能爲化果弘於成誦如非舉大功曷建於陶唐人徒見南北經東西緯秩秩以繩聯日月躔星辰紀森森而輝映謂元功固自有綱理而妙用亦何資於明聖豈知禹倫既敘有必治之水舜典弗明無可齊之政如非獲是道之助寧不爲全功之病想勉如文后乃形

曰緯之言諒永若唐宗因奏瑱紘之詠　抑又知寅亮行化賴爾三公之
任燮調順時委之一相之才經備於旦而法則明矣典秩於皋而事其懋
哉雖化工默贊固有攸屬非官聯茂建道何自恢又豈止文帝立經果使
三光之軌順光皇系繞肯令九縣之飈回　抑又聞兩儀奠高下隱顯雖
殊一道在古今維持有待今也寶地之綱總地之紀提天之綱穆天之緯
將見是綱也貫三才為一經歷萬世如一日焉本其有在
聖人恢皇綱立人極　三山王益卿　治世天啓皇綱日新聖恢此以何
道極立之而示人夙稱獨智之君張吾正統先建大中之理徧爾蒸民
蓋聞邦基國祚有賴以維持人心天理大為之培植使是彝是訓不闡自
我則無統無紀君何能國仰惟明聖恢皇朝莫大之綱先立規模示天下
常行之極　雖曰統括四海繩聯八荒治具戎總國維戎張然念天經地
紀不徒一世以顯設帝統王業曷與萬年而久長當知皇極繫吾國之根
本其它衆目非治朝之紀綱躬膺鳳曆之半千天開休緒首建龜疇之次
五曰示群方　豈不以發明道統聯治統以貫通揄揭常經總國經而條
理茲聖君所以扶植與洪祚相維終始執舜之一秩秩舜典建湯之中繩
繩湯紀非其中之建立有賴何所恃而綱維至此大有執有臨之主規畫

何如示無偏無黨之公主張在是　請言夫國家所永賴者萬世一理今古不可無者三綱五常夏非滅其德乃夏紀之自滅秦豈亡吾道是秦維之欲亡我是以訓則示帝位惟建皇推經緯之功而經理體統總條貫之用而條陳典章信國焉與中道以並立是極也豈一朝之可亡想順則於民舉始彰於堯帝諒敷言于下協益賴於周王　向使太宗非立極而王道未明光武不為極而人倫幾廢則何以權綱總攬四七際之再造紀綱憑籍三百年之未艾由開端立極終始一意此創業垂統維持萬代植立非輕規恢有在不見武皇建此緒綿於六世之間高帝數之統定於五年之内　自叙疇之主不作而經國之綱浸頹紀亂於春秋而版蕩多矣統裂於南北而紛紜甚哉所幸修極者王通隋末而後建極於夫子東周以來嗟諸儒任責亦吾道之一幸然正統相傳必聖君而有開將見自我並受不基不外大中之建令王嗣有令緒膺彰王道之恢　又當知聖朝統緒固綿創之所基元化功用賴彌縫其不及極繩陰陽為二氣之統極緯天地中兩間而立故曰大哉中之為道雖造物猶將賴之豈止措皇綱於寧輯　三山戴翼　道散天下統歸聖人恢皇綱於治世立爾極於烝民智足以臨大作維持之要中由是建孰非正直之遵　蓋聞天下均此中

奚智與愚人心無所統不流則倚惟闢而在我先總其要故建以示民庶
知所止雖是極無時而顯晦開必有先非皇綱自聖以恢弘立將何以
標準萬世表儀一堂躬任民生之宗主力扶世道之經常仁義統垂廉耻
維設父子綱正君臣紀張蓋民雖有中豈自協極茍綱不先正誰知向方
治新鳳曆之半千舉而撮要用叶龜疇之次五建以惟皇　得非道統既
管則道協厥中義維一張則義遵其直既有總會自無反側錫厥周民均
是于訓建諸堯世同然順則使綱之未舉而徒爾立中是皇之弗建而咎
其不極張吾治具有定紀有大經示爾民彝無淫朋無比德　大抵厥初
開天理雖有物以有則其間非聖人果孰維而孰綱謂民雖均訓彝民不
自以植立而世茍無統紀世孰為之範防聖所以天經既秩人紀亦叙禮
統已明政綱復彰自然綱舉則極立未有本隳而末詳用以執端舉由傳
於大舜建而制事修實肇於成湯　恩昔太極肇分混沌其形皇極未建
顓蒙爾性何聖人夫尊婦卑必務經立夷外夏內首明統正蓋是綱實宗
主於民物而其用賴闡明於神聖茍曰經曰紀弗立大要則不協不罹能
無詖行所以荀子兼準繩之論治自此昭倪寬總條貫而言順成其慶
切歎夫文武而降春秋以來皇王之正統莫接天地之大經孰恢蕩然無

綱周緒如綫漏矣不綱秦經已灰茍非紀自唐永統由漢開則皇綱自此絶矣而民極將奚賴哉又安得創以敷皇隨底民心之順立而撥亂見稱上聖之材。　又當知君身關萬化之機風教係四方之習内明婦綱則宫闈莫重於正始外肅朝綱則堂陛豈容於亡級然則皇綱必先正於上而後民極敷於下焉立之斯立

聖人原天地而達理　三山薛福公

物具太極心潛聖人原天地以達理貫機緘而以神睿哲夙全本彼無私之化昭融罔間渾然先得之真蓋聞一物具一則肇自氣初大君有大造本從心起探其自出徹上徹下無所不通知終知始聖人作矣位天地之間以爲徒善性洞然自本原之中而達理　觀夫濬哲高古聰明繼天惟一念運經綸之化爲兩間贊生育之權道明其大本虛静於性内易探其始惟剛柔於畫前圍形之間皆是物也由原而達無非理焉仰觀於俯觀於元元洪造始條者終條者洞洞真筌　茲蓋元始於乾得自乾爲美發於坤通由坤至塵慮消釋性真純粹自君臣至朋友坦然行道之五曰仁義與禮智沛若始泉之四何貫通萬物所達皆理蓋脉絡一心其原有地惟智足有臨也爲本是先得我之所同然何私可累　請言夫君爲民物主固何事之不備理在宇宙間

必推原而後知况五殊二實乃太極已開之象而九疇大法正洛書攸叙
之彛惟聖也推明天下之一本融貫性中之兩儀觀鴻鴈至情兄弟義著
目螻蟻定序君臣禮基有所謂至至終終之妙得之於淵淵浩浩之時宣
尼陳倚數之辭窮云至以莊子述不言之語美曰成而　昔者易在先天
時更數聖豫未陳順動之象益未著施生之令重門何所取謹飭武事斷
木何所因修明農政亦曰豫者備之理備缺則國弱益者利之理利虧而
民病非因事物外以求達皆本天地間而取正想順由俯仰繫辭必述於
爻終諒明自靜虛作樂實先於本性　且以賛天地兮孔伋中庸之訓包
天地兮軻書仁義之言用能智聰躬備於達德爵齒首推於達尊始其條
理金玉是取察以文理淵源所存觀物即性性即理有待真識亦賢希聖
聖希天相傳太原切鄙夫刻楮三年秖奪化工之巧揠苗終日徒勞人力
之煩　又當知典未勑於舜麓豈弗迷禮既宜於成風何為技湯紀一修
禱應桑野宣善一行變錯旱魃以是知天地之所以能自立者皆有賴於
聖人達理之功況於物而非達

聖人原天地達物理　三山陳國器　天地肇極聖明立人達此理於萬
物會其原於一真躬獨智以存誠妙於索至本兩儀而盡性大以通倫

聖人一誠之徹萬境之融萬有所形一元所始俯仰其間求道之本出入此機歸吾所視究其原之始潛而地亦潛而天達者誠之通求諸物但求諸理　觀其淵懿生稟濬聰夙存自二氣既奠分之後非三才互別立之根念五殊二實妙該太極之全體而千變萬化不出神心之混元包有於無何者非拘要終驗始是之謂原足以有臨詣誠内淵深之奥心循反復徹道中長養之門　豈非仰觀俯觀觀蛇伸蠖屈之誠上察下察察魚躍鳶飛之性身探此蘊心為之鏡參乾流形得體乾易合坤資生通符坤正渾淪之始此外無物該貫者誰其間有聖大矣不知謂之化誠極則明推而皆可見之情至窮乎命　吾故曰道在物之先有不物之為物聖與理者游自先知而致知方函三為一元元本本者如是及散一於三化化生生之所基聖也索群象於形有形無之始探真機於蓋高蓋厚之時故分布為水火性内燥濕翕散為風雷胷中發施歛則吾身達則萬境小非一物大非兩儀語請考於蒙莊知云美矣彖詳稽於孔聖見述觀而　蓋聖入理涵二五天地參諸身理根動靜天地吾其帥日月光昭軒豁心鏡淵泉時出渾涵性地開闢以來何物非我推明其用反身皆備是則性之順也爻符羲易之通文以祭之胥並中庸之位　識者猶曰崇丘詠其高不

若詠蓼蕭之澤魚麗歌其盛何如歌麟趾之篇今也總理萬機儲嗣責矣
疆理四方民居蕩然必天潢毓秀位登正於主器必地利敏植令戒行於
括田謂寘寘屬望其尚鑒此亦親親仁民及於物焉豈止夫木石與居舜
帝諳若虛之境昆蟲同樂文王安不識之天　其有天寶之主卒惑變於
珍禽地節之君反售欺於飛鴞是皆理以智勝理為慾奪之人也物交物
而引之何所原又何所達

聖人久其道而化成　三山黃子選　易以心會聖惟力行其體道之日
久而感人之化成為標準於無窮常持正理及陶鈞之既就隨變群情
聖人妙一心之理以經綸體大易之常而持守始終此念不至間斷薰陶
爾俗皆歸醇厚且道外本無餘化非可速成惟胷中不替純誠故能持久
觀其躬禀睿哲志存發強一念不轉移於雜伯此心惟終始以行王如天
之峻而天運無息猶日之中而日行有常茲易體於心確守一道想化被
乎人陶成四方九重推觀設之神謀非淺近萬國歸乾元之變効自昭彰
想其治非驟治紀必三移明豈遽明變九九至毋計速効但堅初意是宜
山東一思老亦扶杖天下一陶人皆有器九爾民從化比比皆然亦是心
與道常常不離睿主守大原之正何日而忘群生歸善教之中知風之自

嘗謂道化及民固無近效之可喜人主體易但守初心而不移盖惟常則久久乃能變非以漸而成成焉亦虧此聖經設教然爾而君上感人以之仁義未四年效不足計禮樂必百載興斯可期皆此心此道相與不息豈一朝一夕所能遽為文王積世以相傳教之風也舜帝歷年而允執變若時而　抑嘗觀周去殷幾世民尚殷頑漢繼秦數傳風猶秦詐既難移舊染之汚若可税半途之駕迨夫四十年忠厚在在成化六十載清靜人人昭化昔吾猶未革特積累之尚淺今心既體常自感孚之不暇是則質如可尚豈宜朝質以暮文王所當行烏可始王而終霸　考之易化成乎文成亦有賁化成以麗成兼取離既皆明是理以為教何獨體於常而使宜要知離日繼明即久照之一意賁云永正亦久中之片辭以它卦互觀同此道也苟是心必變若何化其切異夫政聞五月之間報之何疾變自朞年之内尚以為遲　又當知舒徐以計效效固足期玩愒以求治治終莫保彼宣皇歷載何謂循闕而文宗十年曷云太早此皆有常久之歲月無常親之規模而借九成之說以自文悠悠者最為害道

聖人久於道而化成　盱江李叔虎

聖久於道心存者誠人均覺於固有化不期而自成睿智以臨理常由於正大甄陶所就教益底於休明

甞原人均是性無自覺之真機君運此誠有不言之大造純乎一理所守
弗變達彼群心其和可保久非徒久見聖化深入于人成不獨成與天下
共由此道　觀其睿智高世聰明冠倫正統接古初之授受至誠自心上
之經綸率中庸之性而悠久無息設大易之教而變通盡神於此闡道中
之用夫誰為化外之人祖乾龍行健之剛躬常適正新觀象有孚之教民
盡還淳　蓋以善惟素進自遷善於群黎仁苟未熟豈道仁於百姓運吾
心不息之妙覺爾衆同然之性宜乎熈時雍之世民盡於變居純被之朝
倫無不正道久之中神妙無迹化成之餘人皆由聖美全於上端由誠運
於無疆民感之深但見心孚於不令　道雖人所同必賴開明之力聖以
誠而化當觀悠久之時非日漸月漬漸成以理恐性近習遠孰全是彝惟
此神機無一息之間斷善教因群心而轉移極自此歸舉絕朋比則由是
順泯無識知久則成矣化非強而想文王盡不已之純禮皆無犯諒黃帝
闡常行之理民自咸宜　蓋始者陽動陰靜道已流行精凝妙合道均付
受奈頼蒙多昧於本性此啓迪必資於元后聖乃觀天地常久而妙矣變
物體日月能久而昭然發節蓋民非難於感而難於孚此化不成於速而
成於久當若受而守一格苗俗於舞干毋令訑以變三葳秦風於取帚

試論夫理本同得而性本均善今非不足而昔非有餘何唐虞而上性皆遂於野鹿何威文而下習反流於詐徂得非通而則久道以神運假而不久道非古如君心誠僞即此判矣民風厚薄從而異於若聞自漢皇豈變惑朞年之近奈行於唐太文効誇四載之初　或謂離曰乃成特先麗正之明賁言以成第取觀文之化豈知道簡而文中默寓於顯飾道適乎正下自消於鄙詐然則常卦之言久於道者與二卦相爲發揮焉説非徒駕

聖人祖乾綱以流化　建安葉木元

總乾德神潛聖人祖其綱而同運流是化以維新仰止冠倫上本天行之統沛而爲教下皆風動之民　蓋聞易經妙用惟變則通王政大端以元爲主取諸天則茲實統會疏厥教源乃臻洋普且乾造有宏綱者在由始而亨今聖人新大化之流盍知所祖觀夫龍位居正鴻圖紹休審政教不同之變明帝王所本之由以謂易存乎蘊卦莫重於首畫元乃其統端宜先於上求聖其祖此與物更始神而化之自源達流出以秉時法彼純剛之總括推而鼓衆洋乎盛德之翺遊豈非下期純被則純參亨也之元風欲變移則變體大哉之正推原始物之端緒宣布新民之政令唐堯稽則教斯廣於漸被文后重爻美莫窮於

游泳周流四海何地非化總會一機觀天見聖以臨以執體元得統卦之剛其浩其淵行道播汝墳之詠　乃今知與一世而更新者聖所運化為萬世之資始者元之統天念生意無窮莫非是氣之總攝刳治源乂壅當體此機而轉旋我乃起經綸之蘊於心上探綿絡之端於畫前道由此變流乃道海德自此博流爲德泉此原原本本之妙者有化化生生之道焉闡若伏羲統類得所為之卦馳如虞舜係辭言蓋取之乾　非不知坤謂之維化亦順乎離為之綱化其成以巽繩申命有行事之象坎纆習教得用時之理蓋易非元化彼皆泛舉之目惟乾總以元是乃方亨之始伊欲流之必先祖此想德明所合演為治德之和諒仁體而行溢作漸仁之美其有洛邑荒屯德未開漢河湟陷沒令誰振唐亭而旋乾之機唐憲操領握乾之符漢光攬綱所以慈祥濡浹九有蒙惠政教清明四夷向方使天下沐同流之化如元工回一氣之陽是則舉以清夷詩載歌於順叙因而蕩滌賦兼美於恢疆　又言之造物無全功有大彌綸成能非上聖孰為憑藉今也文而治國文可緯於天地道以澤民道乃經於春夏然則聖之於乾也不惟祖其綱以流化而又能流化以維其綱此所謂範圍之化

江西徐桂老　治道開泰聖心即乾祖其綱而流化達諸用以皆天明足

冠倫本此純剛之統妙存鼓衆洋乎善教之淵 聞之君道經綸蓋有本存風教淵源斷從心始凡妙用周游無所壅者皆剛體純全為之主耳乾道之外無餘化一以貫之聖心之運有大綱祖而流此 中正光履聰明有臨襟懷之元氣毓粹德性之陽明勝陰本仁之統脉絡長人之念宗義之維準繩利物之心統會于中天者常運流行於外化其益深神哉用昜之六陽體其總要溥矣洽和於兆姓發自胷襟 想其神與天同胷中之天則渾融道久時成性内之時行運轉自大統要無窮發見蹤為德雨德施者溥浚作道源道神其變惟乾乾此心得所本祖故化化妙用因之流衍心涵龍德本諸天統之渾全道被騶虞混若泉源之周徧 大抵心者道之精也體統從出化者功之溥也源流可推方乾性保合乃德海停涵之日及乾情發揮其善淵融液之時於此見先天之造化斷不離方寸之綱維泰和自此游民樂民氣美利由此溢物安物宜散而為萬化之流也歛則自一心而統之想漸被朔南取自堯經之舉諒行乎江漢重由文紀之為 蓋聖人至誠能化誠乾之誠盡性賛化性乾之性化以德溢則德體乾善化由道洽則道純乾正茲統宗會元皆從寸念以運量故自源徂流益衍清朝之教令則知所祖為綱綱即為化是乾在心心融在聖非謂

垂衣取此洋乎順黄紀之休觀象畫茲渙若結義繩之政　切意夫光武
握乾綱攬無縱憲宗旋乾綱張有餘何乃化云未洽漢德意之猶淺化曰
不需唐治源之莫蹟得非讖緯動其好粹精之體何在利慾屈其志剛健之
誠蕩如嗟迹若合乾心不乾矣縱我欲流化人誰化歟徒聞干紀於淮西
下猶未治雖使欲經於河北業曷能居　終之曰道爲治樞紐功用充周
乾乃天性情氣形超越以紀五行水流濕以潤澤以統萬類物流形而生
發然則乾之爲綱也聖祖之爲心化天祖之爲氣化爲見隱顯同流而不
竭

聖人祖乾綱兼三才　興化王持　聖妙乾運道新泰開祖其綱於一己
兼所統之三才智足有臨本乎剛而獨揔極斯與立貫是理以咸該　粵
自鰲極分而五位中居龍德運而一機不已惟本諸剛健無所弗統故合
彼顯幽秩然咸理聖與三才而並位何道兼之心無一息以非乾其綱祖
此　觀夫出震主器繼離面南畫前之妙用先得道內之真機默探四德
統於元而一理常運六陽純乎健而群陰莫參惟有得乾綱之大故能總
太極之三乃神乃武以乃文剛爲錯綜辟上辟中而辟下用實包函　豈
非道神其變則各安立道之常元足以長則咸遂爲元之始彌綸在我以

能健運用有機而默使是宜曰氣曰形至於識以亦統或理或事合乎文
而有紀非以乾總攝萬有係焉恐此機間斷三才熄矣剛正得爲君之義
統有宗乎古初自定位以來一一皆得以　大抵一日不容息者剛健其德
三極分以立者聖明此身況吾體吾胞莫匪道中之形氣則是維是主亦
惟心上之經綸令也妙幹先天之蘊健參六畫之純使三光全寒暑平自
我合德使五穀熟人民育由吾體仁豈繼明自叶於常存皆綱理有功於
聖人何止統天和合著易經之訓固宜御物化流稽史策之陳　思昔生
民天地初有極方開黃帝堯舜氏肇端自古曰持綱而綱果安在曰舉綱
而綱何所祖衣裳一垂位定上下宮室方易人安棟宇蓋脉絡一乾十三
卦之綱領故植立此極千萬年之宗主抑見周王重此布爲經緯之文犧氏
畫茲推作佃漁之罟　又況體乾君子學與時進御乾大人德非昔潛何
乃水橫流而河尚隄決雨未施而時猶旱災外健內順非邪正之辨早陰
盛陽微豈華夷之分嚴使自強不息一念常續則轉亂爲治三才復兼將
見合序四時日紀皆禹疇之叶咸寧萬國民繩欣漢化之需　愚嘗因乾
德之流行參易書而訂正何奠位以還即理統氣何取象之際以天喻聖
蓋乾之爲綱也聖人得之以兼三才而天得之以首庶物焉故曰乾者天

之情性　興化劉文英　聖德乾運混元復開祖其綱於一己兼所統之
三才大以建中本純剛而悉總備而立道參有極以咸該　蓋聞大君宗
主獨立兩間剛德運行萬殊一理非總攝真機本至健之體何顯幽異勢
有秩然之紀且三才之責萃於聖道昌兼之蓋六陽之變主乎乾綱知祖
此　濬哲高古聰明冠倫五行二氣之妙合四海九州之望新德始一元
德中之經緯無迹道出庶物道內之彌綸有神使天下事物各有定理亦
乾體剛健運於聖人德本乎中正粹精包羅自出功妙於財成左右統理
惟均　想夫體元爲首元包氣形識之分存誠不息誠盡天地人之性運
一機而我主我宰爲萬世而立心立命叶舜之經六府三事歸周之紀五
行八政信純陽之德能統乎物而奠極之初居中者聖有容有臨而有執
統則必宗辟上辟下以辟中品皆各正　吾故曰萬形無不統惟天下之
至健三極不自立必聖人而與參况曰仁曰義無非是道之脉絡而親上
親下不外此元之渾涵惟聖也秉六爻陽德偕極用九爻神機默探使寒
暑有經時燠時雨使析因順序秩東秩南健故能統二而貫三兩具述於
成章語稽乎孔化詳言於御物傳考乎譚　且是時靈紀未執而人尚朣
朦彝倫攸斁而患深水土向非綱持者黃道本乾合綱舉於堯治惟乾取

則何以緯三辰調元氣後太極以主宰睦九族叶萬邦爲兆民之宗主由二君大造化運此乾道使三才再開闢常如太古切異夫水旱仍強藩梗旋奚取於憲宗闢河擾炎正微總未多於世祖　又況狼煙警而鴻室靡定鰐潮驚而妖星屢占此旋轉正觀於運量豈剛明尚晦於沉潛可不御六位之陽大以能化體四德之元守之以謙雖其氣暫變其理自定必以道密斡以身獨兼如是則馭彼臣民冢宰實資於分任敬于上下朕虞亦賴於惟僉　嘗論之無極而有極統各有宗君德與天德相爲終始今也德綱我運混外夷内夏之勢禮綱我制辨下澤上天之履然則是綱也祖於純乾散於三才而斂於一身非聖人而何以

聖人兼三才以御物　盱江石祐孫

物遂太極用該聖人兼三才而以御本一理之相因稟此實聰洞貫統元之妙宰夫庶類各全賦性之真

蓋聞高下洪纖均是理之流行聖神參贊不以私而矯拂惟統會于中無隱無顯故剸裁之下自伸自屈兼而一也萬物之理即三才因以御之三才之外無萬物　出震主器繼離面南習中之大造密運道内之真機默操何性云盡性必通人紀以如一何德曰合德循即陰陽而迭參蓋道形而上一散爲萬此聖御其間妙惟貫三淵懿冠倫消息會謙盈之運斡旋在

我化光宜坤道之含　茲蓋致中和之位而並育並行合乾坤之性而資
生資始分殊而理則為一道盡而術焉不以服牛乘馬堯利致遠駈龍放
菹禹功平水御焉豈膠擾之云乎兼者特貫通而已矣和同罔間辟上辟
下而辟中統攝無遺維有維嘉而維旨　大抵物盈於宇宙惟聖能制道
行乎隱顯無形不該彼函三為一本至理之如是豈自三生萬可徇私而
治哉惟此探其機於闔闢動靜順爾性之屈伸往来所以西河疏導乘載
利木南風長養鼓絃阜財制彼不齊之萬類混然奚間於三才孔生陳盡
性之辭育言所賛晉史述祖綱之論總取其開　蓋始者乾為物之陽具
此粹精人秉物之品均茲情性鼋鼉因河海之不洩螻蟻即君臣之主敬
聖乃佃漁網罟取十三卦阜通食貨參諸八政信周流此理無間三極特
宰制其間有關百聖想舜如被植端由典禮之惟寅諒義若類情亦曰統
天而正命　後世貫通之理莫察總攝之功匪嚴三正怠棄天怒人怨三
統錯行木饑火炎以至梁則移粟漢則平準唐之税竹齊之鬻鹽彼任智
復任術御者弗審是論勢不論理判然莫兼豈知夫統彼官臣冢宰尚資
於制用敬于上下朕虞亦賴於惟僉　又當知齊其品彙者土苴緒餘通
乎造化者精神念慮今也龍蛇信屈皆吾神氣之融暢鳶魚飛躍即我至

誠之形著及其至也萬物自我備三才自我出焉何所兼又何所御 臨川陳嘉富 物性均具聖心獨該御盖兼於一道本不外三才運吾接奥之神元無不統制被混成之類用豈難裁 夫惟一真本洞融幽顯之機萬有自不出斡旋之外立心立命獨妙貫通有象有形悉歸統會物之理即三才之理曰御何先聖之心涵太極之心所兼者大 雖曰履位躬正離明面南然且職偕覆載教之並立辟合上下中而與參道云立道此貫道心之妙元曰爲元此全元氣之涵兹物雖不一理貫則一由極既判三聖兼此三足以執足以臨渾融有道取諸近取諸遠主宰無慙 豈不謂父生師教人紀孰齊天覆地持元功誰秩當知君有以總道同所出性能盡性不離贊化之妙則安有則豈外秉彝之質由流通此理無隱無顯故統御自聖貫三爲一美其獨備妙得一之機融類則各從豈能群之道失大抵位分三極無理外之形氣聖融一念會道中之散殊盖乾坤皆物也心宰妙矣臣民亦物也力駈可乎此其會脉絡於一致而可判顯幽於兩途位無易位元化我叙綱蔑不綱彝倫我敷兼者心會御之迹無近以法觀取果聞於羲氏得而配順成宜見於姚虞盖始者天垂星日豈自齊星日之經地載山川不能奄山川之寶穀粟未有經民用曷致君臣苟無紀

人倫孰保蓋函三既判雖具是理然統一其間莫非此道使各安事物之
常理斷有賴君師之大造武陳八政豈能秩攸斁之彝禹奉三無何止暢
惟天之草　況聖人日綱月輪涵性内之靈曜乾經坤緯具胷中之太
初仁義準繩秩若心根之始禮樂統紀粹然形踐之餘由方寸三才已備
道矣故宰制萬類何容力歟非立極於中聖克兼此恐奠位而后勢終判
如所以功格平成自爾息龍蛇之害教明親信其誰近禽獸之居　抑又
聞男女有艮巽常道乃明水日非坎離化工終欝泰長否傾道所升降剥
窮復反數之伸屈是知聖人以一心兼三才之道而又能會三才於一心
之易焉見易能
開物聖能御物

永樂大典卷之一萬四千八百三十七

重錄總校官侍郎臣高洪

學士臣陳兆翰

分校官修撰臣丁士炅

書寫辦事吏臣李鳳揚

圖點監生臣馬宗孝

臣慶逢第

永樂大典卷之一萬四千八百三十八　六暮

賦　大全賦會四

聖人祖乾綱開四聰　李叔虎

聖德天運下情日通綱獨祖於乾健聽四開於巽聰躬履位以無爲法茲元統開隨方而皆達洞若宸衷　切聞事情每壅於陰柔晦濁之時公道常新於陽德亨道之始惟體此純剛無少間斷故洞然兼聽何分遠邇健乃乾綱之大者萬善會焉聖於臨政以祖之四聽開矣　明哲躬備帝王事該起心上不窮之經緯探畫前未露之胚胎陽體其純性中之剛德流暢天法其統曾次之混元往來終始運行健以無息疏通洞達聰由此開茲剛毅發強仰究始亨之總合東西南北俯垂公聽之恢　開者何道參其變機同相應之聲易窮其蘊下有自通之意闢堯之門在在進善通舜之耳人人盡議信志符交泰之同由德法純乾之四神存穆穆究粹精所統之宗聽達皇皇無壅過不通之累吾故曰乾以健而行總攝萬殊之理德以剛而達流通衆善之天蓋六陽如不續則造化壅矣而一念或未純則私邪塞焉信胚腪龍德之純粹皆

脉絡羲經之直專其自強也聽納無倦其體仁也寬洪廣延聖心無蔽以無惑主道利明而利宣想文王廣義問之昭紀參手易諒黄帝有合宫之聽係取諸乾　蓋聖人無柄鑿之見而轉彼乾圜無門庭之限而闢夫乾户言參乾信絲綸四海之播告情體乾通絡繹四民之疾苦凡普天之下聽靡不達由大綱所在健爲之祖且巽耳享以巽剛徙順於巽繩而聽取離柔不重於離畧　厥有握乾總綱光武興運旋乾執綱憲宗御時四闢無擾生意方復四海悉臣群心悅隨何乃聰雖無壅而圖讖惑矣聰雖達善而奸邪蔽之信聽不難開亦不難塞見綱非易祖尤非易持使行健有常何終搖於群議奈闢邪不至反輕信於單辭　終之曰綱言其祖未免迹求聽謂之開尚勤時憲孰若幾與知兮融機括於内境利不言兮妙經綸於方寸至此則乾之綱在聖人而聖人亦無所用其聰豈屑屑法天而行健

聖人開四聰以招賢　吴逢泰

天聽貴廣聖心敢專開四聰而在上合衆議以招賢仰上智之挺生聞旨旁達求英才而並用意極詳延聞之可否參衆論始得真才謀議私一人何如公是但能不惑於偏聽斯可廣延於庶士今上聖開四聰之廣何所不容爾群賢由數路而來招之以此

器則主震明焉繼離念群才久欝於當世且公道大恢於此時所以堯闢欲廣門自堯闢舜聰未達岳常舜咨惟世有洪範作謀之主夫誰歌白駒在谷之詩端紫宸楓禁之居素恢天聽致綠水芙蓉之彥欣覩雲披　是招也不以一人方譽而季布遠登不以片言甫久而千秋即相信若人之抜擢不偶皆與詢之是非各當高宗惟多聞始采肖象之說文王惟周度斯得揚鷹之望苟單辭隻語遽欲聽信恐真才碩能何由歸向龍顏端拱九重恢坎耳之公鳳招肆頒多士喜泰亨之長　大抵人有真才能衆所熟識君欲公選舉聽非可私道惟四達賢乃可舉門但四賓賢無少遺況聖主旁達巽聽之聽豈人才尚懷遯世之思曰聞僉曰斷必任禹選聽衆選決然舉伊朕開公道以招也爾爲明時而出之若曰旁求宜考孔融之表兼陳臨下請稽華氏之辭　非不知公府薦賢奏目上聞郡守舉賢剡書交赴然而主聽之不廣未必賢才之樂附要在有高帝之聰始來商皓之成翼無太宗之聰難進馬周之徒步未嘗執私見以招徠所以得真賢之會聚且異唐人之取士僅止三科未多漢帝之得人旁延數路　又況興賢有詔綸綍屢寫聘賢加禮弓旌遠招不分其四匭以在路則資彼四隣而立朝是宜南陽枉顧且見諸葛東海召至豈惟一蕭皆衆謀衆議賢士

乃舉豈一譽一毀私言易搖肯使夫晦迹箕山應欲洗許由之耳棲身栗里終難折陶令之腰　雖然萬招之始論固宜公既招之後用非可捨張良果賢臣何尋鈎於黃石裴度真賢相何養高於緑野是必人君能開四聰以招之又能堅一意以任之庶無負也

聖人竭心思仁天下　盱江李宏叔

心運天下道公聖人竭其思而在我隨所覆以皆仁素全經緯之神益加盡慮坐視幅負之廣咸與爲春大凡方寸雖微可納寰區毫釐未盡殆虧生理誠運于中罔有欠缺澤周于外何分遠邇蓋仁道本公於天下心實主之使心思未竭於聖人仁難溥矣　濬哲生稟聰明有臨馭已中居於宇宙一機妙運於胷襟能慮能定大學其志弗得弗措中庸此心謂物物生全皆我之責此心心運用憂民也深五百年間世之君盡誠而慮千萬里爲公之域被澤于今　思之如何以憂勤一意而發政四民以兢業寸誠而叙功六府念念惻隱元元生聚性地周流時雨庶域善淵充暢春風萬宇天下非大吾道爲大心思既溥斯仁亦溥至誠不息居嘗極慮於九重達德旁周孰不相安於率土吾故曰天下皆吾民每勢異而理一君心一太極寧此全而彼虧使眛眛我思無同體同胞之見是胥胥其仁特移民移粟之私惟此密運宸衷之

機括悉除道外之藩籬慮周四表仁治四表念及八維仁沾八維公溥其心聖所以聖姑息者流思猶不思恩謂之行請考趙岐之注政言其繼稽孟子之辭　始者萬物一其體孰親孰踈八荒皆我闥何封何畛此大君中三極以是主豈善念可一毫之未盡必也雲行雨施流通性内之大造火然泉達充暢胷中之不忍歛在一心間不容髮散諸四海放之而準想老無不養源流咸后之永艱諒民既咸親脉絡夏王之勤敏　又當知及下之仁體固達用得人之仁責允在吾所以思天下之飢稷奏庶食思天下之仁尹憂匹夫由聖賢無兩心所慮皆盡故遠近雖異勢何仁不孚切異夫銳志唐宗徭役稔勞人之弊厲精漢帝刑名重束下之誅　至矣哉仁天曠蕩有大惼幪心地渾融毋勞經緯何爲而已五服聲教無憂而已萬民和氣此又帝堯非心之日文王宅心之時但見行仁之效既聖人能同天下之意　三山林季龍　天下俗異聖人道公化自我以能運意在人而則同端居寶位之尊統臨有屬克混縣區之習志向皆通蓋聞民生異風俗所性則均君心如天地乃公之至由吾獨化統攝斯世宜爾百慮會歸一致惟聖人能此覺夫未覺之民故天下從之同彼不同之意　觀其睿哲莫及聰明夙全妙防範群心之道握轉移一世之權俗由

我御統爾倍於不齊之地民自我順導斯民於所稟之天非至聖所能世
莫能此何人心不一今皆一焉五百年之休運有開冠倫焉至千萬里之
民心無異易地皆然　想其智雖足臨智無任己之私政雖以治政自齊
民而始統一衆庶均齊遠邇感之以心心皆欲正之念立之誠者誠盡毋
欺之理使天下定于一焉非聖人孰能與此躬全上智備中庸爲至之資
人絶異心叶貢象觀文之以　吾知夫人皆有是心所見各異聖能同其
倍非人可爲况性天稟受其本一矣而民情好惡亦君使之故此任斯世
綱維之責一夫人趍向之私奢褊剛柔異俗隨華喜怒哀樂一真不漓意
則同此人誰外其律以定之載考班書之語志言通也更稽義易之辭
昔者七情未啓均是善端一天不鑿渾然正性奈爾民紛雜於私念幸此
日混同於上聖經綸天下能立其本平治天下能修其政使夫人自觸於
一機故此意悉同於萬性想武清四海一心形泰誓之言諒成撫兆民叶
志謹周官之命　抑嘗考漢志立言之旨知古人作樂之因六律同而律
以和衆八音同而音斯感人聽吾雅奏者自滌邪念樂我至和者悉還本
真由樂非獨樂百姓同好冝心以感心一機覺民又何必易以盡言辨悔
吝吉凶之證詩而逆志有箴規美刺之陳　抑嘗論世有莫爲則能之論

始興心無貳異則同之功何假漢也民不同風或起詐僞吏不同心至開苟且然則能同之論孟堅所以歸之於聖人者何哉蓋深惜漢家之天下

聖人感人心天下平　三山毆陽天澤

天下勢異聖人化行當爾衆之頑治感其心而自平仰止實聰合輿情而孚契要其成效措寰宇於安榮自祖宗立國以来而德澤入人也久綏懷之内中悅誠服効驗所形民安俗阜聖天子勃然挺出正群心欲治之初感則遂平治天下何難之有于時新命凝鼎大君有臨河北喜威儀之見山東思德化之深簡役以来安有異志制書所下誰非華心人情之愛戴如是世道之隆平自今明明一德以天臨使民悅服穆穆四方之衢逕舉世謳吟　想是時懷湯之德寧輯湯邦戴堯之仁雍熙堯野感動情性鎮安夷夏自然月塞寢兵人人奠枕之域春堂飲酒在在覆盂之下信泰和感治非偶然爾意感發人心有機存者足有臨足有執深矣結民曰已治曰已安誰其觧厖　大抵人惟有感於戴上以彌切世不相安以其情之未親故心既離商終莫定於商邑而心如戴舜可坐安於舜民矧此累世恩洽本朝化醇是宜工歌廛商歌肆鼓舞善政行逕路畊逕畔薰陶至仁想身處太平之世此心皆

咸感之人化謂之生請考戴經之語誠言所發載稽唐史之陳　嘗慨夫
秦漢同一天下何秦失而漢興隋唐均此天下何隋亡而唐治豈安危之
勢適爾抑理亂之機有自良由人苦秦苛而樂漢寬大人厭隋暴而戴唐
仁義惟待民以君子長者之化乃措世於磐石泰山之地亦何異安周四
海必由大畏以小懷治禹九州蓋本東漸而西被　況夫痛心悔咎武士
流潦動心傷體斯民息肩起一愛心念念綏撫托一誠心言言諭宣上每
念乎民有若此者民欲亡乎上其能恝然非此心交感於百姓何一旦驟
安於普天果令赤子弄兵波靜潢池之亂烏孫請命風清北塞之煙　雖
然國家無所事未見吾仁患難迫於前始知深感故悅民如成周爭犯難
以忘死恤人如七制雖即戎而無憾君子於勞不怨死不避然後知聖人
之感人也深天下欲忘之而奚敢　建安陳安之　天理終定聖人不爭
感其心於自悟聽天下之皆平仰膺主之覺民志因潛格宜寰區之安業
分所由明　蓋聞民均此性初無難動之機物逆其天終有必還之理予惟
明義默使之悟彼自樂業各安汝止方分踰于下特人心暫蔽以如斯乃
聖感其心宜天下不期而平矣　尊履五位君臨兆人開明性內之天理
啓迪道中之本真民未知有分則悟以常分世不可無倫則覺之大倫由

平日相孚不外是理故其天一定隨安爾民獨智有臨得胥動輿情之道
多方開泰宜一陶和氣之春　茲蓋義一諭而義隨識於君臣分一覺而
分咸知於上下其動也順不安者寡是宜士守其業工守其藝賈安於市
農安於野使聖非以理感爾俗之本然恐人不知分果何時而平也實聰
實睿格民蓋本於綱常已治已安復業自臻於夷夏　大抵民皆知所守
患未有以潛感理必至於定始相安於自然非性覺性天覺天秩秩禮分
恐智鬬智力鬬力紛紛目前故此即古者有常之理開吾民自動之天故
萬邦臣服而君臣之義自正四方子至而父子之彝具全此聖君感動之
機也為天下安平之地焉想能治如堯戴實由於億兆諒用康若武同蓋
自於三千　思昔和平之世且聞崇亂之有憂治平之朝猶以苗頑而為
病嗟綱常至此以浸泯而禮義蕩然而不正迨夫文教一修隨臻當日之
親善彝德一敷旋格曩時之逆命念暫擾者人終定者天見不應自民有
孚自聖遂使居皆顒遜歷山成所聚之都田不忍爭虞國無不從之令
是何孽胡雖禍晉卒為晉義之屈服匈奴雖背漢終屬漢綱之統臨河西
纔一書見即知意奉天衹一詔叛隨華心蓋人慾方滋固未免紛紜之擾
迨天真一悟豈復容強暴之侵信不憂守分之未定特所患感人之不深

不惟涇隴之武夫至形流涕豈特闒茸之故老亦切謳吟　然嘗論義自
知所激則靡勞潜感之功情未至於和則始有不平之憾故古者士歌壘
高歌肆生理自若行遜路耕遜畔乖爭莫敢于斯時也人心皆知有分守
而天下自相安於道化之中何所平又何所感
聖人清天君天地官　三山連應昇　心統天地職專聖明官有主以後
定君居中而本清鏡萬物以無私湛然宰制管兩儀而並位秩若平成
蓋聞大君實宗主乎三極之中元化本脉絡於一心之粹何思何慮不雜
真境辟上辟下各安定位欲消而理徹凝聖性者在聖神此清則彼官即
天君以參天地　觀夫哲鑑昭晰性淵靖深中正若辰星之揭虛明如日
象之臨且曰胃次無昏滓澄澈萬境化工有營攝綱維寸心使秩然二位
之各敘由清則一塵之不侵莊足有敬寬足有容中虛以治高所以覆幬
所以載職謹攸欽　官之如何乾邪一闢物流乾品之形坤敬一直位正
坤臣之美使兩間之綱舉目順即寸念之鑑明水止羲叔不必命輝聯星
日之次舍職方何用掌棊布山川之疆理非聖明有以主之則造物幾乎
紊矣且精神靜而能鑒所守湛然非禮樂備以且明相維在是　大抵太
極分高厚必待綱維之力聖心妙工宰實司統攝之權况三光全寒暑平

心正故也而庶物生風霆流志神使然信知妙括於洪造端自静涵於善
淵帝衷澄湛則五帝位格靈臺融澈則百靈職虔盖君則為能官之地亦
聖焉清所性之天注載考於楊生政言以任論詳稽於荀子功謂之全
人徒見日月顯於文秩有常經草木若於舜品分庶彙似無關方寸之造
化皆不出元工之形氣豈知舜直而清性仁守此虚静文明而清心德為
之經緯想天地同其閒官以是正意心術主於内聖惟我既是則維分南
北止乎坎麗乎離令叶陰陽復於子生於未　然嘗疑融風警宋都災邑
譴怒大水沉趙竈地非静安豈於世數休咎異證抑亦君心危微兩端要
在聲色混吾清漲流脂渭之必過貨賂濁吾清煽熖權門之莫干使無私
邪無嗜慾以静為主則職覆幬職持載繼今自官當如思謹堯欽曆正星
虚星昴抑若心無忒貳證平時燠時寒　聞之師曰磅礴非地也吾地以
心穹窿非天也我天其性陽動陰静二氣之凝合鳶飛魚躍一誠之游泳
天惟静守在我之天地然後能官在彼之天地焉心之精神是謂聖
聖人清天君正天官　浙漕鍾鼎　天理之粹聖人所為君内清而在是
官外正以兼之儼南面以尊臨一無或累湛宸心而中主五治其司　盖
聞帝王稟賦太極渾全身心動静一誠表裏湛吾所主獨妙宰制謹乃攸

司各安役使聖人聖德內亦然外亦然天君天官清乎此正乎此　濬哲生禀聰明夙彰沖虛萬慮之俱淨邪曲一毫之必防好樂忿懥心大學之數語視聽言貌身次疇之九章內外之地交盡存養純全之天自無梏亡根德之中抱性之明真淳素具出令於此聽命於彼澄治交相　豈不以外足以養內則誠明主宰之當存靜無以制動則臣僕寇讎之交害要必誠存得一之妙事本建中之大心由此虛自以治之隨應目不爾蔽皆則思之默會此清彼正天者不泯睟養息存功其有賴以臨以執去其僞而全其真是主是司澄於中復治於外　大抵心與身相合烏有相離之理聖雖天所賦益加所養之功故帥性中存斯能形役於群動如客邪外入必至心為於衆攻茲所以操存湛若以養志踐履粹然而在躬肢安所職乃全謂性以謂命思睿曰主自見曰明而曰聰既清且正二者兼盡若內與外渾然一同荀況立言養兼云於順政趙岐著論治亦謂於居中　蓋始者心思志慮且天理之胚腪耳目口鼻均大形之戴履奈汨於邪念者轉逐乎物而偏於外好者交搖乎內惟聖也主之以成敬隨舉動以皆中司之以聽視洞虛靈而不晦茲清正之功隨地而謹以畀付於我有天者在所以身之脩者由先其意在其心性所存焉斯見於面盎於背　又當知

萬境變於前則好惡雜襲一心無所主則正邪混淆且以令色汩吾天易蠱易惑讒口蝕吾天載惛載啜可不玩沃心箴語佩服書訓味盡性片言盤銘易爻必清而後正官自君始無操之不存理爲慾交是則思絕朋從衛益嚴於神舍體均一視愛兼及於民胞　斷之曰君無待於清是爲天德之純全官猶假於正始賴人爲之涵養令此何思何慮渾然性理之不鑿無聲無臭泯若儀刑之可象此則帝堯順則之日虞舜出寧之時而文王不知不識之天但見體胖而心廣

雲川張雷復

天理攸寓聖人則思君内清而能定官外正而相維大矣化神功兩全於妙者湛乎心宰職咸使於安之　聖明動靜太極渾融身心存養一誠表裏謹吾主宰無撓無雜安爾職掌不偏不倚君此理而官此理清且正焉内之天與外之天交相養此　觀其性稟寬裕姿全睿聰慾謹酌損志加養蒙謂心主乎一靜固可以制動然形役者衆外亦能於亂中此神動天隨獨妙乎聖見君清官正兩全厥功尊以冠群得知化窮神之妙虛而治五加澄源端本之功想其澄之不濁自然神定守安粹而一出毋或色昏味爽慾去理得體胖心廣念慮謹所主則四體無曠視聽欽厥司則寸誠克長毋天以人勝而人以天勝必内爲外養而外爲内養兼三才御萬物操守何如潔一念統

衆形渾融可想　吾故曰聖全天禀賦功不偏廢君與官表裏分皆有常
况理欲界限甚於堂陛之等級而内外體統秩若朝廷之紀綱我得不以
心正身脩之道爲瞬存息養之方清匪自清官賴扶翼正非徒正君爲主
張此脉融貫其功迭相若曰不思書考孟軻之戒如云以治傳稽荀氏之
詳　蓋曰身乃心之官方寸流行心亦身之君百爲統會是皆始者之賦
予非可判然於内外故歌舞亂其天則心以身累嗜慾戕其天則身爲心
害是必適堯之正精一允執象爻之清色聲不大此聖明與理俱融亦清
正之功是賴是則功全蒙養内斯絶於蔽蒙志合泰交外自無於驕泰
亦由夫玩湮水之辭洪範五事覩躍淵之訓體乾六爻思存曰睿理本融
貫誠謹毋邪欲無混殽凡天理運全洞貫身心之藴亦聖學高明不爲口
耳之膠以此見君官之養又當嚴内外之交聖若木從心悟詩書之旨性
無湍决味耽仁義之肴　噫清之名一立則天德未融正之功未泯則天
真已晦孰若武身自修無好無惡孔欲不踰寬尤寡悔至此則内外兩忘
無待於交相養之功孰爲外又孰爲内
聖人清天君順天政　隆興周一清　聖主中御心君内清純乎天而無
間順其政以借行繼此離明湛靈襟而是主協夫常令幹元化以難名

原夫帝王興起實爲三極之宗造化運行不外一心之正理明懲淨不汨
於物氣叶時和罔乖其令心統萬形而爲主是所謂君聖無一息之非天
清而順政　觀其英毅間出聰明夙全念吾心妙二氣之凝合與大造同
一機而轉旋所以潛經綸之神萬化出是湛靈明之府五官屬焉此真境
渾融之地即化工秩叙之天淵懿有臨恪守神明之主叶調無爽密參化
育之權　寧不由陽舒陰慘皆此性之密融寒往暑来亦真機之不已工
宰自我流通此理周祲不必下而秩秩協序舜衡不待齊而繩繩循軌隱
然可宰物之妙大抵自清心而始澄吾物鏡居中實主於一身運彼化機
叶用寧乖於五紀　大抵聖與天爲一默寓主張之妙心爲物所汨始取
輔相之宜百慮皆澄亭毒密運一真必混經躔易虧信欲叶元造流行之
序其可容一毫嗜慾之私誠而則著日月久照思以惟膂雨暘若時君者
清矣天之合其君以授時精自唐堯之執奉而理物澤由文后之惟抑
嘗觀命者天之令渾涵太極之全性者天所予融會一真之粹哲謀寒燠
非有二理中和化育實均一致惟胷中有大造默存調叶之妙故心外無
餘政足任恢張之寄於渾融真境之中知流動天機之自如是則發而布
令同然秋殺以春生用以合和自爾雲行而雨施　乃若四序愆和燭未

調玉三登觖望旱仍鑠金豈宸心澄潛之未至抑帝眷扶持之實深方且
欽天有臺神則如在敬天名圖凜乎若臨以澄源正本默協庥證此轉咎
為休實關一心將見惟而命官躔次驗台衡之正用而謹罰光芒占貫索
之沈　斷之曰運行無爽者誠內之機緘悠久不息者化工之符印歲月
雖協用汲汲思睿風雨固弗迷拳拳德濬是知天政無一日之不順天君
無一息之不清已順常如未順　鎮江左居厚　聖御三極理純一天清
其君而主是順夫政之當然夙全有執之能澄吾工宰爰奉無私之令與
帝周旋　國家有大柄惟賞與刑帝王位兩間此心皆理非湛然居中不
汨於物恐逆以從事或私諸已且聖治自聖心而出求則得之謂天君乃
天政所關清而順此　剛正發位聰明冠倫靈臺止水之無滓虛室太空
之未塵官由我治外制群妄身自我主內融一真則知違此念於有政所
謂純乎天而不人睿以臨寬以容淵乎有守賞不借罰不濫審所當因
吾非萌一忍心而用法過苛吾非徇一私情而以名輕假本正事治理明
欲寡舜但惟精德因命於虞室武惟曰睿罰自行於牧野苟徹而此心少
有私焉是吾所謂政特其人者誠不勉而中境全方寸之虛明上以承所
為事蔑一毫之苟且　大抵心為政之原易以物曉君承天之意動宜理

循使念慮蔽昏或非大學之先正是智力矯揉未免伯圖之不純今此靜
守虛中之府妙存索至之神雷霆其怒奚意用武雨露其恩何心得民以
此見政中之造化渾然皆心上之經綸事惟在於所爲注稽于諒類首言
於以貴書考之旨　人但見配天其澤難窮湯后之仁將天之威莫若文
王之盛遂云明聖之出治不過賞刑之操柄不思銘盤而新德善念澄澈
重易以洗心虛襟凝淨信出於君本於天爲政有道而清乎此順乎彼澄
源自聖不見聲惟弗邇賞悉當於懋功出罔不欽臧亦聞於施令　然嘗
論天惟有所蔽則清之說斯有理苟無所咈則順之名必無自後世昧誠
意正心之學而庸君多縱情逐物之娛刑天討也鑄鼎甚矣禮天秩也請
纓可乎嗟治本在心懵不之察此儒者立論返其所趨甚而靜若漢文猶
侈鄧通之賜明如唐太交加君羨之誅　夫豈知宸衷恬淡貫彼顯幽治
道勸懲特其土苴好能無作則燠寒不爽於歲月誠至則明則飛躍亦安
於上下至是則聖人情其君蓋將爲天地立極爲民物立命焉彼順功又
其末也

聖人清天君全天功　太平李洙　太極同體聖人宅中清君心而在我
合天道以全功德著日新湛一真之主宰効成時亮與大造以流通　夫

惟聖明與元化渾若同流工宰在吾心純乎任理由本真不汩表裏洞若
故妙用曲成轉移間耳且人慾乃天君之累清則湛然雖天功非人力所
為全之在此　濬哲無蔽智仁不居寸忱常湛於止水纖翳不浮於太虛
令由此出群動坐制官自此正衆邪悉除未嘗昏蔽於天者自有財成之
道歟聰明卓冠於群倫虛中湛若化育仰裨於洪造成效昭如　茲蓋潛
洪範之睿則廣證咸休溥大易之誠則四時各正職覆于上成能自聖建
於堯兮明日月之增耀亮於舜兮秩陰陽之順令由本原不汩於在心雖
造化亦為之聽命物無凝滯澄五官所治之司道妙彌綸無一贅或虧之
病　乃今知真宰功用自有貫通之妙聖君念慮不容私慾之侵惟至誠
弗雜可盡性以贊化苟靈光少蔽恐慾陽而伏陰今也萬境俱涵於太宇
一塵難染於中襟璧合珠連轉休證以如昔木饑水毀回豐年而自今有
脉融貫以心統臨訓著荀卿治汝官而順政語稽莊叟明此鑒以由心
人徒見文知天迪功著丕承禹致天成功昭永賴於是致五星應瑞之驗
弭九載洪滔之害豈知道惟一兮貫通脉絡之妙德象明兮彰著輝光之大
良由湛本體之獨清所以成混元之一泰故得成而不息冒于出日之隅除
以惟歌濬此距川之澮　抑論之聖德即天德固由體以致用內朝與外

朝實自源而達流彼蔽於近歲曷弭日青之變而搖於群小乃貽星隕之憂必攻心之衆自我先去厤運化之功與天者游不見志得其寧有若時之寒燠中由是執無叅序之春秋　雖然運化機緘自一念以潛通格心事業文大臣之素抱説能啓沃道所由奉尹爲左右雨奚必禱然則聖人清天君以全天功又能建輔弼以成天功斯可斡旋於妙造　太平李霖上聖中御天君内融清我本原之地全夫造化之功抱正性以有臨湛然宰制亮元工而無闕妙矣流通　聖人妙真宰以彌綸太極與吾心而融會澄源之地静定不汩贊化于上財成有賴且心所主即君所主内養者清以我之天回彼之天功全也大　黼座淵默法宫靖深挽回休運於今日融會真機於寸心所以治居中之主主宰者定湛統性之神神明若臨清者常清思慮不撓至所未至轉移自今仰止聰明洗羲易退藏之密備夫工宰叶虞書時亮之欽　想其心官既正隨亨氣運之屯道宰不凝旋召陰陽之否妙無虧無欠之用自不濁不昏而始是宜亮以惟時寒暑叶序建而增耀日星順紀爲天全功用之未及皆心上經綸之由起精神罔汩宸衷之澄徹渾然化育靡虧洪造之範圍在此　吾知夫聖心且妙用本脉絡之相貫大造無全功一準繩而有餘非淵衷澄泰物慾凈矣恐

世運復否休祥缺如惟聖也渾然穹昊之同體湛若本真之一初五宮淵
湛五紀叶順四端泉達四時發舒此聖人清我之天者爲造物全功之地
敷諒建若文王克宅以文明之懿相亮如舜帝惟徽本舜德之虛　人皆曰
天功成於禹順考天心天功建於武恭承天命金木水火秩秩咸叙日月
歲時繩繩各正豈知洚水平水源流精一之執常雨時雨根本睿思之敬
貫通妙造於此心回斡化工之自聖使渾涵神舍星文移退舍之祥尚澄
湛靈臺雲瑞紀登臺之慶　又當知帝王全天功雖本天君之靜輔弼成
天功尤資天職之修夫何四牡勤歸南仲莫挽十漸入告鄭公章留則三
光未全誰克寅亮而五行雖全尚多隱憂必志意交孚嘉賴二臣之力庶
國家自今可延一脈之休更資恭叶皋夔迷弭風雷之烈抑使心同周召
祥開烏火之流　噫晉嗣未安基於夕陽之一言漢本早定成以商山之
四老蓋貪天之功患起歸寺而成天之功弼資師保吾故曰清天君以全
天功又當知正儲君以慰天心仰聖君之大造
聖人致大利和天人　慶元周祥　聖統三極利公一時致功用之大也
和天人而以之稟厥聰明丕格乾能之美叶于幽顯各臻預順之宜　切
原上帝下民初無難感之機人君妙用不外自然之理阜通一意所濟既

慱融會兩間其端在是大利本天人所有致者誰乎全功待神聖而能和之以此　淵懿高古哲謀過人任洪造裁成之責全群生養育之仁雲行雨施充廣不言之美物備器成周流咸用之神此時此利非強而致于天于人其和有因業廣德崇極萬世無窮之用上歆下叶妙一機相與之真

　兹蓋不暴殄其物以傷造化之仁不剝削其財以咈富安之意生機流動以不息道妙渾融而有自時調玉燭薰為亨泰之象民臚埴箎播作雍熙之治凡是和在在以皆然豈其利規規之所致誠不欺於暗室所益無方紙何假於明堂相孚基易　請言夫太極肇分已具因成之用一毫少咈殆非宰制之公彼劉鞭桑計特小小之為術而禹府周泉有生生之不窮此利源之流衍自古而聖上之叶調有功風薰阜財融元化之長育日中為市會萬民而變通因利而利初不容力知和而和隱然在中係請考於宣尼用稱其備言更稽於揚子際謂之同　思昔鴻荒肇判而天之道未成鳥跡方交而人之生猶病向使日月星辰未授堯曆食貨賓師未頒周政則何以樂成鳳儀聲溢九奏武偃馬歸悅形萬姓信大哉為利雖出於天人然致而後和必歸之明聖所以民皆餘積養遂至於開源物自流形保乃聞於正性　後世焚竭太甚生意幾熄征斂已煩民愁莫紓或妖

異見象占之候或流離哀鴈渚之居方且大東怨矣徒重國賦大盈富矣
益私己儲彼惟目前計利之末耳烏識古者召和之意歟甚而閒架且征
隨見怨嗟之肆起舟車亦筭爰咨災異之何如　雖然至和固當格於隱
顯之間大計實取辦於富饒之地必也寶貨日庫毋瀆巴蜀之險兵賦爲
淵當厚江淮之備此孟子所謂天時人和兼之地利　三山徐可勝　大
利所在全功孰資偉明聖之致此和天人而以之稟乃睿聰坐底不言之
美形諸隱顯俾安允叶之宜　太極民極肇功用於未形元化道化待聖
明而後理斡旋一機所濟既慱調叶兩間其端在是所利乃天人之利大
者致之以和合形氣之和功其若此　淵懿超古清明若神發洪造施生
之德遂群黎養育之春用周於係易非區區備物以成器義充於大學豈
小小發則之謂仁此其有道以致利否則咈天而害人實聰實睿之夙全
阜通甚大辟上辟中而無間調叶惟均　茲蓋不暴殄其物始全溫厚之
仁不窮削其財安有怨嗟之病生機融貫於妙造日用流通於兆姓以正
德厚生墳荒德內之善以達道育物彙籥道中之性非大利之外它有斯
和見妙用之機獨全於聖仰作哲作聰之主益以無方全立極立命之功
困乖于正　大抵天與人並立惟聖宗主和自利中出有機混融況無無

功願政期並育以無害而化化初心所冀相生之不窮故必有睿哲文明之主乃能全財成左右之功舜璇周圭調順乾晷幽棗禹桑薰陶土風於此見至和之叶得之於大利之中保以咸亨義兼陳於孔聖用而無間順備述於揚雄　亦知夫在天之和則雨暘寒燠之時在人之和則夷隩析因之利自夫舛令逆之浸形干紀之變茍斂害之遂失養生之意可不體天保合回陽氣於寒谷順謹養植春臺於樂地則知太和本流行於隱顯之間上聖惟深得於因咸之義如云解愠皆五絃所阜之財若曰叙疇本六府惟歌之治　其有天意眷眷於十七年之久人情依依於三百載之餘夫何日中以致貨泉府源壅漕運以致粟太倉積虛囿宜妖星或見於象緯民怨靡安於鴈居使利惟能致功亦大矣則天且可和人將曷如當令女則布男則桑業遂民閭之樂木無飢水無毁日遲化國之舒　抑又知群黎並育乃道之功大計或乖豈和之至此乃海涵春育時臻草木之茂雲飛川泳性極鳶魚之遂夫惟天和人和而萬物亦和尤見聖功之極致

聖人致天下之大利　建安張彦博　天下欲治聖人使宜本大利之同者爲群生而致之臨寶位之至尊所行以順益寰區而非小當廣而推

聖人即物理而成開物之功因民用而寓便民之意繫斯世得宜不過順
適苟外此求益皆非極至大哉同利以衆人之心而爲心致亦何心因天
下之利而謂利　觀其淵懿髙古聰明繼天道盡君師之善職同教化之
專念生生而群曷得養生之具而物物皆用孰司創物之權必因其利有
以爲利所謂自然初非使然聰冠群倫任此綱常之責澤施四海博哉功
用之全　是利也或人之順則飲食葛裘備物而用則舟車牛馬中有裕
爾它皆小者乾始而亨能以乾美益有攸往光而益下有便於民豈強民
乎不同其利特私利也智以臨文以别運此規模事之幹義之和達諸朝
野　請言夫事物流行皆有理在聖明制作豈容已私非意在利民神農氏
之等作是私於利國梁惠王之所爲所以即日用以不闢爲民生之共資
茹毛既不便則教以佃漁之利處野非所宜則易之宫室之規使屑屑而爲
致特強致是小小之利斯焉取斯想萬邦表正於成湯以除其害諒五服
弼成於虞舜蓋取諸隨　嘗考夫係辭十三卦器在畫前洪範三八政用
存言外蓋始初本物理之均具特工宰於聖人而有賴是宜一食二貨有
不盡之生養上棟下宇受無窮之庇蓋皆因其生理有以致用使利止小
惠豈能成大想稼有作甘之味乃殖稻梁諒貨明交易之宜自通龜具

後世君非因利以為利民有若同而不同為狐可也烏可干戈之慘服絲
宜也豈宜杼軸之空托利勢之言威則徒尚假利用之説費為莫窮雖名
致利適以為害良以徇私未能合公盡思民既厭於結繩乃從造契世不
資於贍用未必為工　至矣哉利之丕庸民則不知利必咸用神之所謂
飢食渴飲適自得之天性鑿井耕田融未開之風氣至是則聖以美利利
天下不言所利大矣哉其功罔既

聖人抱一為天下式　盱江何極先

聖謹躬履誠存法隨一本實中之
抱式公天下之為端居寶位之尊所操粹若庸作褰區之法皆放行之
聖人物欲不能參正性之誠明哲實足作生民之則揆吾方寸終始勿貳
放之四海會歸有極一惟獨報見聖人罔敢于盤夂也弗渝合天下以為
之式　觀夫睿哲高古聰明繼天吾身乃億兆之宗主誠意不二三而變
遷德守德之和德外無範道執道之精道中有權乃知抱吾一之誠也是
即為敷天之式焉聰明淵懿冠乎倫誠存至當南北東西放而準德自中
全　蓋曰粹然守正誰無適正之思允以執中孰有罔中之失立爾標準
純無心術四方雖廣儀由文后之無貳九圍雖衆表自商王之克一此聖
心精一以獨抱乃天下儀刑之自出且王心獨守乎正執本精微使國人

皆有所歸舉陶純實　大抵誠至聖而盡主一弗雜君爲民之則毋參以私苟貳以二叄以三撓彼事物是上無法下無效蕩然表儀惟聖也心不貳兮有執僞無載兮謹持百官承此令自茲稟萬民見之德由是丕二者如是式其在茲想度以身先義自夏王之纘諒法因世仰精由虞帝之惟

或者謂抱義而處義有準之功抱誠之正誠寓繩之理是皆經世之法則足以示人之底止豈知誠行者一此乃中道義歸于一外無殊執雖式

之爲式散諸用以若異然抱所當抱由謹終而如始是以元先乎德準亦體於義經統大于王法洞明於麟史　抑嘗議可法可度在守一理易搖易撓當防衆攻向使聲色亂吾一霓羽奏曲瞽繕間吾一龍翔侈宮則何以四方用式蔑有越常之習百辟是式潛消植黨之風信天下知所矜無越準則皆聖心純乎一不分始終堪嗟唐太之多愆律人以法切笑漢皇之雜霸繩下非公　雖然蒸民之則固有取焉萬世之法亦無違也今此一而定國儲位早立一於任賢儉儔決捨然則聖之抱一者又知相授一道咸有一德者焉是以爲法於天下　興化李君瑞　天下向化聖人亦儀一自同心之抱衆皆成式之爲獨全正性之明執而無失推作寰區之則照君咸知　聞之君心當決於是非邪正之間治法常聽於把握堅凝

之日主之於中見不疑貳放之而準民歸表弈物之功者衆國論不齊人品不齊式自抱中来天下此一聖人此一　南面垂拱法宮靖深念用人幾易於鈞軸而言治屢更於瑟琴必也主興邦之言挈衆論以歸獨任制誰之賢扶陽明而勝陰即此爲身儀刑之地孰不見聖人明白之心端居九五位之尊惟精以執昭揭億兆民之表丕見于今　是式也言其世則毋摇異論之鼓簧官惟民極當立正人之砥柱歛而獨主於常德散則咸孚於下土舜精以詢謀舉世法舜禹執而選士萬邦則禹非主宰其間一者常定則觀聽之下式何所取王心無爲而守允執厥中國人知有所矜惟公斯溥　故曰事物均此一蓋不出人心之理意向無所主其何挽天下之趍非執中庸之兩擇善決矣縱立太宰之九正民可乎此乃正論持而私意之説破善類主而小人之勢孤衆議不能移揭衆望之山斗群邪莫能撓示群方之範模準之四海治表攸立如曰兩心聖人則無想謀既大同範底庶民之叶諒賢惟勿貳法宜九土之敷　向使堯守此一非詢訪之必精湯主此一非忠良之爲輔則巧言與嘉謨喙喙争騁頑童與耆德紛紛無主何以極立烝民新唐治之標準表正萬邦揭商民之規矩帷定吾所主罔有偏見此自然之則可推同宇推純其德儀變作於文王無

貳爾心法宜遵於周武　厥有太宗常謹一而心未能正宣帝亦純一而
德猶不純所以親魏證踈魏證邪佞易惑信充國疑充國便宜讜陳然且
樞機品式徒切繩下條令格式第嚴律民彼識見已差私心徒曰任巳是
規矩不正大臣亦難誨人不見虞書執此以任賢事修於府載記行之而
察邇民證於身　噫忠佞不兩立而佞每亂忠正邪不同處而邪常干正
為法之朝凶族尚肆為極之世讒言猶病嗚呼天地間陽一陰二故真元
會合之時少參差不齊之時多信抱此莫難於聖

聖人立天地人之道　盱江黄士震

天地人異聖明責均道兼立於三
極功獨歸於一身素存設教之神出而宗主庸建統元之理妙矣彌綸
學從二氣之剖分中有兆民之生聚非聰明之主融貫隱顯何扶植此理
流行古今形器獨超之謂道聖闡其機天地且立而况人身之為主　觀
夫智燭物表美全性真發揮無極之至奥統攝有常之大倫若曰一元剖而
已露一中之妙五氣布而遂鍾五性之民徹上徹下均此道體立極立心
係于聖人方龍位乎中扃顯其功於培植俾鰲分而後各全此理之真渟
雖曰陰陽二位分作剛柔仁義兩端根於負抱欲扶此理於不墜必頼
吾君之有造致中庸之位化育我賛建洪範之疇歛為汝保立之斯立非

事他術有其所有不離此道位居乎五自然化化以生生極建乎三孰測淵淵而浩浩　厥初有道原君隱君晦其間無聖人孰綱孰維況乾坤之內非止形氣而咸常之外初無訓彝宜聖也心融一理之脉絡力爲三才而主持使日月草木正位各麗君臣父子常經不虧因所有者從而立斯形謂其誠注請稽於康伯理言其順説載考於宣尼　向使氣涵混沌泯矣機緘民胞二五渾然形質立常兮太昊不作立極兮唐堯未出則何以象彼星辰考彼疆域綱而佃漁居而宮室使至今道脉接續於後世皆隆古聖人主張於當日想事修六府蓋由夏禹之執中言順五常率本姚虞之惟一　果而立地之維流峙川岳立天之時暑寒夏冬教立於人而庠序人物敬立於人則鄉閭禮容散之於外功與用著斂而在己聖爲道宗不惟常叶於歲時範由武建豈但順言於性命文自爻重　是何羲雖廢時時不廢於上天緜雖湮水水弗湮於本性魯俗畣而道於魯以無損商風靡而道在商而以病至是則人欲變道而道不變焉見植立有功於上聖

聖人順天政以全功　建安藍伯升

天意佑下聖人立中惟順自然之政以全不及之功大以冠倫曲盡因成之理承其示事罔虧化育之工

混元自剖判以来大造之主張孰是惟實聰賛治罔咈其意故妙用有機渾然此理且天方眷聖政實頼於輔成使聖不順天功欲全而何以　雖曰虎變當極龍飛御天然念縱以多能正功咸能之望命其職化盡持賛化之權順成之道容有未盡運用之功得無少偏獨智足臨輔相體交通之泰真機密運保和成美利之乾　茲蓋驗一氣推遷予乃調元因四時代謝我其正閏動則合豫柔而體晉是宜歲成所主自臻日月之来往道相其密何有風雷之烈迅凡是功全所未全皆在我順其當順出乎類拔乎萃惟以身參裁其道相其宜初非私徇　乃今知皇天無私眷所望者不淺洪造有遺用待人而後全使統元于上自成化以足矣何承意于中賡作君之責焉矧聰明出任付託與造化相為幹璇功存勞道則運以無積功在養物則輔其自然使其私智之少勝寧免化工之或愆永頼夏王善實由於府事亮時虞舜齊蓋本於璇璣　思昔宅未命而曆象之數孰司範未訪而寒燠之時不正向非堯自天眷武由天命則何以功成兮形為暘雨之證叶功廣兮寓在星辰之時敬故凡賡帝佑以為君烏可咈元工而治政未為魯國嚴豐年秬黍之司無若宋人有終日揠苗之病　而況天君清矣洞若心鏡天情養矣瞭然性真官曰天官謂司聽以自我養

云天養每畏威而檢身修之於己既無往以無咈以此全功豈不成而不因妙斡元化用歸聖人是則亮於其寅抑且賴燮調之相成而與共又將資輔弼之臣　又當知盡順承之職固所當為極全能之妙莫名其盛川流山峙且叙定位魚躍鳶飛亦安止性及其至也天地官而萬物役焉何者不歸於上聖

聖人立天道曰陰陽　福州熊高昇

惟聖立極曰陰與陽此天道之形著以吾身而主張大矣冠倫曷建運行之妙言其有證罔乖動靜之常切原極中分造化二氣流行君上妙經綸以機出入謂代謝其間乖戾未免必均調自我輔成不及天道若難名其形象以證而求聖人知可驗者陰陽曰和則立　雖曰濬哲高古聰明繼天探觀神之妙以設觀握乾化之機而保乾然念藏於無形實發露於有形之際化而生物已胚胎於不物之先剏陰陽流動變者暫耳必氣數斡回道斯立焉擬以與參曷使有常而有序其斯之謂當令無伏以無愆　豈不以洪水未平是終汨於五行烈風弗迷斯可齊於七政扶持窈漠之洪造調叶慘舒之常性小大象於泰成泰裁輔剛順彖於臨保臨亨正蓋充周宇宙氣外無道而綱維功用責歸諸聖唯發強剛毅之有執何以建中謂秋冬春夏之相推必其叶

令　請言夫運真機於亭毒理氣一脉為元工而宗主聖明此身雖太極
本無極難探賾以索隱然咎證與休證均以形而示人信欲盡彌綸之責
亦當回氣運之新水火既修時乃叶於治府燠寒未若我不知其叙倫此
氣之散此道之寓非人不成非天不因舜曷受讓惟驗舜衡之日月堯何
順則但觀堯曆之星辰　是道也藏有於無陰陽之妙既胚根動於靜陰
陽之端已造使流轉如常何待建極然輔相或虧能無失道故曰有武之
叙證斯彰厥類之顯有湯之禱旱乃永欽崇之保蓋因道以見道有大植
立使外天而求天曷明淵浩是則經言乎大在春秋無紊於生成變述其
元必水火各安於濕燥　然嘗謂理為氣之根同出此極誠者大之道反
求自心且以叙天九疇脉絡一敬授天四時胚腪一欽故疑信不同則風
大風反而肅狂既異則雨時雨淫蓋踐履為實地感召在我而道器非二
物維持目今更令福善無私君子常逢於一泰好還有助外夷自應於三
陰　斷之曰胷中具一極妙矣合凝身外無餘天隱然對越天性靜虛真
境止水天君昭晰靈臺霽月然則聖人之於天道也又自有一身之陰陽
此人道於係辭而亦曰
聖人一天下財萬物　廬陵張林桂　天下至廣聖人獨司揔大權而使

一財萬物以皆宜稟卓冠之英姿混同者遠合不齊之衆類宰制於斯
盖聞群分類聚必資品節之功國異家殊殆匪均齊之術惟統臨爾域不
以勢隔則劑量之權皆由己出且天下有群情之異夫豈易齊故聖人欲
萬物之財必先使一　睿哲高世聰明御天混六合之廣而撫御無間齊
四海之衆而揔臨獨專茲同風共貫罔有扞格故隨物制宜惟無幹旋此
穆穆明明既已合為公之域彼林林揔揔疇非屬兼制之權　由是均調
庶彚裨遂化生節制群品使歸陶治男粟女布商鄽農野爾生紛錯悉由
運量之内爾類散殊均在通融之下由揔權御世有以一之故凡物得宜
無難處者上智奄坤維之勢時已同然有生具咸見之情吾能制也　請
言夫物盈宇宙未易區處權在聖明當嚴總持非奄乃提封自有使同之
道恐紛然異體紛無可制之時聖也壹乃衆異混夫八維飲食衣裳兼制
以無外山川魚鱉曲成而不遺茲物情有所則矣舉天下莫能異之道若
周王何止飭五材之以混如虞帝豈徒修六府之惟　人但見土穀叙而
禹俗惟和財貨通而商民不困則曰聖以道御物無形遯豈知九州攸同
均茲慕德之意萬邦以正共此来王之願若緜區未有以使一則爾物何
由而制萬壹而齊類更符崔氏之言達以養民兼叶荀卿之論　又況業

邁九年之進德同萬里之来錢可鑄矣議深鑒於单穆糴可平矣法思行於李悝可不詛明一綂而更幣制立仁同一視而賑民廩開使人情無或異者則物理何難制哉將見和以統之和可臻於利用道而同此道足遂於生財　其有寵物貴賤而國力易窮制物低昂而民心愈屈盖權宜而致利斯謂均濟若執異以為同不幾矯拂要知聖人之一天下未嘗強天下焉所以能財於萬物

聖人聽天下取諸離　信州湯一翁

聖聽天下智周事情無一毫之蒙蔽取諸象之離明聰足有臨外達幅員之廣理能近譬中存利正之亨聞之聖心無壅而不决之機易象有虚則能明之理厥初畫卦意已先寓自今臨政體之可以惟能聽也天下之情何遯乎非外取諸會中之明即離矣　雖曰中正履位清明在躬恭己南面詢謀合宫然而堯光所獨何盡在於堯耳舜智之臨何不遺於舜聰意者合坤輿之大會而歸離照之中稟淵懿以作君萬方洞達體正中而為政一理昭融　取之如何象其麗正而履正居尊體彼重明而嚮明御極洞徹一性照臨萬國當文明之盛如二之吉毋向晦之終若三之昃欲其隨事以兼聽當即離虚而取則素全惟睿達乎邇迩之間近體於身同此虚明之德　我聞曰天下有萬

事能聽則能斷聖人為一心貴明而貴虛使伏羲所畫猶或昧此縱師曠之聰能無蔽歟惟聖也洞一己於臨民之際闢四門於蒞事之餘不惟麗著象曰象火奚止俯觀以佃以漁其聽溥也即身取諸若曰通之注考王生之語如云明也說稽孔氏之書　嘗疑之聽非火也且形屬火之言聽豈衡也至有為衡之語豈取其幽隱之洞照抑取彼重輕之兼舉當知衡司於夏夏為離正之地火盛於南南乃離明之所苟能即此道以兼聽可不虛其中而自處想出征以此昭昭仁義之師諒成化由之秩秩紀綱之序　非不知取益教天下耒耜斲揉取隨利天下馬牛服乘或舟楫取諸渙濟以致遠或書契取諸夬易夫結繩雖隆古數聖人隨所皆法然係辭十三卦離尤首稱因知聽政之有道惟以虛心而後能更令廣彼巽聰庚可知於先後抑使用夫坎耳險備識於丘陵　愚嘗籌世事以參稽鑒易書而審訂明離當照陽精胡至於薄蝕重離用繼儲議故為而未定嗚呼今之聽天下者又當明兩之離以戒九三之離庶有裨於聖聽

聖人立人倫正情性　袁州胡宗

性本衷降情防外移待聖上之興也　聞立人倫而正之獨抱誠明揭以彝常之教兩無偏詖粹然動靜之時之烝民均物雖有常心一日廢紀綱能無過行惟揭之為教賴有元后故

發而中節各安天命且性本不流於物慾易縱者情非聖能自立於人倫
曷歸于正　觀其作以惟睿運而乃神為生民立極於萬世知名教在吾
之一身品如未遜則五典秩禮道或不達則九疇叙倫非教明于上揭作
人紀恐情動乎中或虧性真藏諸用顯諸仁首明綱紀出於理合於道悉
返真淳　是正也非拂其好惡強加田耨之功非外夫仁義亙有杞戕之
病統會一極儀刑兆姓達中庸道民無不中之喜怒原關雎化詩有自然
之吟詠叙彝者倫立極者聖豈人其天復情其性王者方新於統理闡作
教樞品焉雖有於上中澄為心鏡　大抵命兩間而謂人均具良善於大
中以為教有資聖明自君臣至夫婦五秩是禮無賢否與智愚一均此生
特暫為血氣之私己不無賴君師之正名三綱舉兮準繩三品之論性五
常修兮防範五綦之縱情方其未立何有異理及其既正渾然一誠如云
稟節之辭志稽班固若曰原明之語疏考康衡　蓋始者友朋倫也情亦
見於友朋父子倫也性不知於父子奈身不正者有所忿懥心勿正者流
於邪修故必有湯之修紀則性乃可若無舜之叙典則情終不美幸六君
子以来皆妙斡於風化而五星極之建誰不還其天理使人皆一出於正
也則倫果何資於立耳是則教防其為更資彝訓以敷之學所以修無賴

序庠之明以　慨後世常棣之詩廢則兄弟珍臂家人之道乖則婦姑反
脣所以六鑿相攘情實皆欲四端未達性根豈仁幸而宣詔人倫情且見
於導下武紀人倫性亦成於化民倘非因爾極以設教未必純乎天而不
人使禮可耕田何至有借鋤之子如心猶伐木豈能無擊柱之臣　抑又
聞始焉敷教雖因稟賦之真終也感民又自中和而入樂曷嘗情嘗於長
幼之分定禮可節性節以尊卑之序立不然則立人倫正情性之論何以
發於禮樂一志焉又見帝王之沿襲　袁州劉龍翔　惟聖立極因人叙
倫爰正其情之發以全此性之真位繼離明植乃典彝之教功存蒙養粹
然動靜之純　烝民均物則曾何愚智之分一日無綱常易溺黨偏之病
惟英君扶植自有常典故真境渾融略無過行且情生於性奈何物慾之
易移幸聖覺其天爰立人倫而使正　妙斡道管躬持化鈞出為儀表於
萬世責任經常於一身世不可無教則力扶五典以垂世民未知有紀則
首植三綱而示民非極因心立正表於下恐性為情撓拂天以人藏諸用
顯諸仁茂宗厥典出於理合於道盡返乎純　正之如何隄防六鑿則揭
天六順之修檢束五綦則提我五常之病脉絡一理範圍萬姓成王睦族
咸遵防僞之教商湯修己孰越隆衷之性蓋凡有此生則均具此理特暫

逐於物而正資於聖學校以明也何分上智以下愚陶冶而成之但見理
融而慾淨　賦者曰情自性中来暫為私慾之湮汩極非心外立正賴聖
君之發明非禮有經訓有紀揭示斯世恐人勝天慾勝理孰全此生所幸
得上智有彝常之教用能制群心於嗜慾之萌厚關雎化正禮正義達中
庸道盡明盡誠非以天覺天表正自我恐因物交物性戕者情不然稟節
之言曷陳於固宜爾原明之語兼述於衡　蓋始者庭闈唯諾父子主恩
廊廟都俞君臣有紀禮耕義種發必中節人去天全戕無猶杞雖厥初均
善於抱負然因物易流於邪侈是以文后明倫依人性以罔咈唐帝教倫
防人情之不美惟以身任教君有如此亦因心立極吾非強以但見遵王
無惡直形遵道之庶民順則不知詿沸康衢之童子　蓋曰六君子不作
教鈌宗主五皇極浸湮人亡典彝雖漢武紀倫性覬民壽而孝宣詔倫情
期下知奈何指徇為仙竟陷欺君之責侍燕作色畧無為父之慈豈時君
無大扶植抑爾俗強難轉移當知一則心惟多慾庸主性質一則政皆雜
覇中才等夷使君為堯舜有所立矣則人盡皋夔奚勞正之不容色起借
鋤豈復有耨田之比設或争興擊柱亦尚如伐木之為　斷之曰導之以
理既會本真防之無教終流私習惟此樂以管情殊貴賤於音律禮以節

性下尊卑之等級是以立人聖人倫正情性獨見於禮樂志焉雖天地之心亦立

聖人器禮義田人情　邵武鮑得一

人自聖覺情防物遷禮與義以為器功若農之服田仰止聰明兼備修陳之具推而墾闢伸全粹美之天

聖人念民生猶物之生以君事體農之事惟中節合宜兩有治具故養華去穢一陶春意人之感者善此情惡亦此情田以治之禮為器義復為器

當其德稟淵懿性全叡明觀群心感物以隨動念衆慾如根之易生所以修種之柄有不種之為種治耕之耜雖非耕而亦耕惟能即道器以制用自可推農功而理情方出以經綸其具異斧斨之比若勤夫鏹畝於中防綦鑿之明

茲蓋去惡無其具則惡草滋蘩樂善有其柄則善根毓粹

當陳此以後種肯舍之而不治接其生者芟夷物交物之害理而動者培養天其天之利俾群然不縱於情慾所恃者可操之禮義修茲柄叙有稷漢乖之功明彼始終若夏甸商郊之地

嘗謂器者農之資難鈌於耕耘之日理為慾之對當明於界限之特況如周生穀期既碩以既阜豈謂粤無鎛可乃畬而乃菑必也因群情而耕種隱然有農畝之鎡基約如弗畔在在興遜舍異不芸生生務滋信有間器興能之理乃無甫田維莠之

詩記考戴生修達兼云於實也注詳鄭氏剛柔亦謂於和其　亦由夫根陰根陽情涵未發之初生動生靜情露方萌之始人心自可制物人慾豈能勝理奈愚者縱其情由甚稊稗昧者蔽其情由誰耘耔我得不器藏於禮操彼禮節器安於義勃然義起但令耕方寸之地焉皆可園道中之春矣想見而用此依然成后之載芟諒緣以制之是亦夏王之操耜　或者曰悅義如悅芻人所同得有禮猶有藥人誰不知觀民情不莠於欲意君上果農所為何植杖而芸義弗容廢何借鋤而慮禮終可維嗟世道荒蕪天者自若亦性善本根人皆有之倘曰下通焉用並耕於許子未知上好固宜學稼於樊遲　抑又聞防民甚防物之荆榛治己即治人之根抵耳管絃之器當剔蠹於聲色目樽罍之器盡去蟊於酒醴夫惟不舍己之田而耘人之田始可制情於義禮

聖人理財正辭曰義　建安鄭大年

惟聖知本理財有辭必曰義以斯正豈罔民之可為全夫致利之能言奚自順斷以合宜之謂道貴由斯大凡利公天下舍道則私事當人心於言無愧非取之有制動合乎順縱巧於為說用何以致財者末也詎容理此以無辭聖曰非它不過正之而以義　觀夫備物之用使民以宜處事合名言之順示人無毫髮之欺意

謂九式非過取捨周令則爲過六府豈私用外禹謨而必私使辭不正辭於義悖矣是利以爲利強民取之每思守位以聚人言焉曷當要必度宜而制事在審其惟　是辭也名之以助徹名有定名令之以貢賦令無舛令非利一已以愚百姓貨云其聚立於大易之道用言其足宜以中庸之政苟違其義以過求吾恐其辭之非正且權低昂制輕重蓋有名存必立可否明是非不爲私病　吾故曰利自義中來舍義則非利財之名不正何名而取財生之有道則圜府龜貝取之無藝則鉅橋鹿臺吾非巧其說以聚斂不過公此心而剸裁貢無橫取任土九貢材不妄費用天五材辭不正也義安在哉係載考於宣尼非言以禁史更稽於班固道謂能開何聖人錢穀未嘗問藏有富於縣都鹽鐵未嘗議去其征於關市不區區乎頭會之令下不屑屑乎口錢之筭起蓋曰以太宰計財用自足邦賦捨大學言財利是無天理有義制之正辭在此不見誥言貨殖皆云本務於商王詩詠阜民蓋謂由行於虞氏　或者議更幣以贍財何漢倍之虛耗稅畝以斂財何唐民之怨咨稅畝不義也筭至丁口更幣非義也創爲績皮所以輸臺雖有詔覺則已晚奉天非無制悔其可追嗟理財於初念不到此縱正辭於後終難反而甚而問架之令行諫焉不用至若舟車之筭

及仁亦徒施　又當知羡餘言售以味翠之費奢會斂說行自泥沙之用
侈故古者匪頒有式謹德所致貨利不殖制心而已使徒知理財之有義
而不知節財又今之第一義焉人亦有辭於我矣　建府陳世延　惟聖
裕國理財正辭非容心於過取蓋曰義以無私躬全致利之能言何以順
道本得宜之謂事審當爲　蓋聞取民之制烏可無名有道之君未嘗規
利凡源源致用一出公是亦事事合宜了無私意今日雖理財之當急必
也正辭聖人不任智以強求亦惟曰義　觀其設教體觀向明繼離念邦
家雖生計之當裕然政令豈吾民之可欺所以均周之用昭明周式之六
典阜虞之民洞達虞弦之一詩曉然使天下以知此不過自義中而得之
仰明君之不害不傷言皆當矣亦大道之無偏無陂宜務行而　蓋曰見
得而思則令必當情先利而後則言皆悖理有定論在自公心始足用數
言根中庸爲天之道聚人等語本大易禁非之旨信知行義所利慱哉舍
是言財其辭曲矣復茲五位阜殷寓巽令之公蔽以一言揆度得坤方之
美　吾故曰財散於天下御以術則非正言合乎人情必所行之得宜非
以道而生無劉鞭桑計之功取恐語人有愧縱湯誥堯言而亦疑此聖人
知邦計之從出故凡事揆時宜而後施農桑非強致行道攸始食貨豈苟

求遵王所基未嘗舍義惟利是徇以此爲辭其公可知想明君武王八政言用農之次諒行如舜帝九功歌生㞐之惟　何古者漁鹽可議也議不及於漁鹽關市不可征也征不行於關市豳詩八章無強取之桑穀禹貢一書蔑過求之絲枲亦曰生財無非道義所當好得財亦有政義焉必以使私者勝公者泯妄有所取恐名不正言不順皆從此起所理無它曰公而已仁如有矣國奚梁室之征道未至於訕謾魯人之獲　自取民以義既遠隆古而舍道言利浸形後來更鑄之令下爲漢民害搜借之説進開唐利媒幸而陸宣公首奏言言征歛之大慘貫少年一蹶戀戀公私之可哀嗟我家大計幾爲私懐幸公議一脉力爲挽回苟務明義何難理財既唐太行仁運漕奚言於關内如武皇多慾耗虛徒歎於輪臺　斷之曰利以義則公不以義則私財因人而理亦因人而病信一張湯巧興籠鐵之議用一宇文妄出括田之令是必去大學小人務財之害而後可以行係辭理財正辭之言正人進則辭無不正

聖人仁守位財聚人　三山謝拱父

權揔上下德歸聖神仁素履以守位財必豐而聚人智足有臨望素孚於當世寬能凝鼎利兼萃於生民

蓋聞群生每安於富足之天神器要必有維持之地何綂傳于上衆戴于

下意命眷者德民趋者利且體元作聖深思奚道以經邦非曰仁與財何
以聚人而守位　雖曰鳳曆光啓鴻圖肇新星聯億兆之赤子天拱九重
之紫宸然念大寶龍飛曷永乾符之握萬民鴈集當思離散之因必養生
厚下因被之利而祈天永命推吾此仁絕類離倫為帝眷民心之所屬保
邦蓄衆在貨泉德澤之咸均　想其基圖千載而脊澤緜洪煙火萬里而
利源蕃裕世世燕翼元元蟻慕豐水烝哉鄗邑鼎定南風阜兮鄧墟民聚
非吾仁天覆爾利泉衍何生齒日繁宸居山固有容乃大聰明新南面之
臨宜在其高招集異東吴之鑄　請言夫皇家有憑藉雖萬世以可保民
生苟困乏曾一朝之莫支舜由仁義曆數在爾禹底財賦謳歌者之今此
寬恕龔家傳之法農桑富日用之資騶虞被矣八百載之過歷鹿臺散矣
三千臣之會師信知德盛則祚永未有財豐而衆離大日寶大曰生請考
係辭之語有斯富有斯貴更稽范史之辭　人徒見七十翁嬉戲漢俗相安
三十世流傳周基寖久豈斯民烏合之偶爾抑累代鴻休之私受當知緜
緜忠厚仁本世積在在富庶財猶貫朽信人惟蒙利人乃可聚而位匪有
德位何長守想永兹天禄自九功惟叙之時諒會彼大家乃圜法既流之
後　彼有商鼎將遷猶濫忠良之戮漢户已耗且寵商賈之財或竹木有

征啓亂卒之憤氣或鞭笞肆虐速再傳之禍胎嗟竭民膏血為利而已而
戕國命脉豈仁也哉盍思夫約法二三章都永長安之地賜分百餘萬聲
傳魏愽之雷　抑聞之上惟有德於利必輕后欲守邦非民罔與孝文崇
義始除盜鑄之禁武帝多慾乃有筭緡之舉是知聚人正所以守位散財
正所以為仁故首述曰仁之一語

聖人觀會通行典禮　三山羅世英

惟聖制作觀時會通行典禮於天
下皆源流於易中智足以臨黙察卒亨之治制斯可舉大哉秩序之功
聖人用易以秉時審權而達體凡熈朝顯設其制特盛亦休運亨嘉自今
以啓觀四海適會通之日寖底文明非一人得參酌之宜曷行典禮　神
武間出聰明挺生以大易周流之義察斯民和洽之情睹變化之乾則可
見乾合考往來之泰則始知泰亨此休期自克罕遇宜盛制于今可行誠
明素抱於宸躬亨而復合經制特因於世道大以兼明　蓋曰民情既達
防民之政可施治道必睽飾治之功莫顯心與易以為用治隨宜而後闡
維多維有三歎僃物我享我將載歌式典非當時強是制以修舉由聖意
察其時而運轉存神索至識混融洞達之機翔制辨儀極顯飾修為之善
請言夫世道升降即易可見治具修明惟時是因戰爭何代典且見魯

倥偬何日禮猶撫秦刧當盛世以飾治盡闡彌文而示人順而通財始可
祭蜡遵而會極乃能叙倫信觀時察變皆得於易見行典與禮初非強民
用曰適時注考韓生之述彖言見賾辭稽孔氏之陳　是何秩宗所掌不
言於司空平土之先宗伯所職必係於冢宰佐王之命蓋四海未會同何
有實直萬民既通阜乃知遜敬斯時茍未極乎治是制亦難施於聖朝来
萬國議容贍玉帛之新道啓八鑾文物覩衣裳之盛　又况明繼豐照位
新履端與地再恢父老霓望璽書一至氈裘膽寒於是辟雍修學新樂有
紀祖廟致享慈闈問安惟聖心於易有得故治典仕人可觀踵虞朝成聚
之時五膺於我邁周室用享之日六建其官　抑又聞儀之大備多生平
定之時世不如古罕遇亨嘉之會困非通也何用祀之義亦取渙非會也
何假廟之儀猶賴要知會通時也若典禮其可一日而不明觀變之功其
大
聖人立中道以示後　盱江余子敬　道統之正聖心所傳立大中而有
地示我後以皆天夙稱至美之官極公所建用啓遺仁之世覺以其先
切原嗣王果執開心悟之機皇極所以為家傳之寶植其大本即此默會
啓予繼世俾之能保聖貽乎後契其天以覺其天躬立厥中示此道當傳

此道大以能化得於不思念大原自無極以有極欲正統由今特而異
時惟精惟一開明心上之精一是訓是彝扶植性中之訓彝此立之斯立
聖聖傳是而覺其後覺天天契之聰明足以有臨不偏所建啓佑正而罔
缺如指諸斯　示者何心而允執俾心領以誠乎言不可開非言傳而面
受培植者正會歸其有武作汝極將開述養之主湯建其大正啓思膺之
后即其中以立其心非吾道曷傳吾後且蕩蕩無名也允植惟徽非諄諄
然命之俾臻長守　賦者曰中其不中道在方寸示非真示聖貽後人況
吾心一太極先得古今之正豈家法畀嗣王不開知覺之真故此有所謂
家傳之脉絡得之於心上之經綸大而垂世欲垂統之可繼妙以傳心奠
傳家之克遵即此授受爾其率循世以裕焉請考商書之語教云為也載
稽柳子之陳　蓋中道也同於羲文首探本原傳於堯舜已存根抵上古
以来至于中古之世先天之奥發作後天之體所以周王建中克開遠酌
之成后大禹執中用迪敬承之夏啓道吾謂道接此續續心以示心承之
遑遑奚必則思貽厥出猶及於遺仁德以垂焉教抑由於修禮　又聞
之道垂萬世心之妙固盡道貫三才聖之功亦深康衢童子泯若知識
王路庶民誰其比淫天得天之中閏正歷數地有地之中疇分土金以

人傳道豈惟一統之示後建中于民復為兩間而立心但令正則是遵錫咸敷於五福毋使極惟既弱罰自見於常陰　終之曰立心傳後固妙流通立賢輔後乃能負荷今也誨而求道伊尹訓已開以諭道周公啓我然則聖人之示後也既有洪範建極之道又不可無豐水有芑之仁離之非可

聖人辨上下定民志　三山蔡惟和

上下辨等聖明有功正人倫而在我定民志以歸中稟獨智以無為尊卑既別安群心而丕應趨向皆同聞之高卑既判有禮者存等級雖嚴至中而止非吾君一正於名分恐人慾易虧乎天理自古立常經於上下聖則辨之使民遵皇極之訓彝志斯定矣　觀夫德仰離照命疑鼎新任君師之責以立極揭天地之經而示人世未知慈孝則父子有等俗未識尊卑則君臣叙倫倘不有會歸之道恐皆為陵僭之民仰惟睿主之天臨等差不紊至使懦夫之風立習俗皆醇　是民也一聞作極念無反側之私一沐綏猷性蔑淫滔之有明大分以昭示挈群情而歸厚使富貴而脩者無失所好使貧賤不攝者愈堅其守蓋限則以中導則以禮見定之者民辨之者后自聰有饋剛有執然後正名雖老益壯窮益堅斷無罹咎　吾知夫是禮各有中中非禮之外物

咈天以勝人人與天而兩岐況等衰之别物且然爾而辭遜之心人皆有
之惟明君既立於常制則爾衆孰從於匪彝堂陛勢嚴斷無逆命之臣子
首延分存果見傾心於外夷蓋此志可移此理難泯故其極一建其民已
隨成后正儀禮備陳於以道姚虞徽典書具述於惟憮 思昔亦剛力扶
乂矣相陵抔飲汙樽混然同體聖乃辨上下之位而位序各正辨上下之
儀而儀文寖啓所以五極一敷志曷敢越禹疇一叙志皆丕傒非中在天
地間揭立自我則人特禽獸耳其誰知禮想冨貧異制人自别於嫌微諒
兄弟有倫下亦流於愷悌 故甞謂分義未明則辨之用乃著小大未一
則定之功有餘向使衆志俱若蒙童之日烝民常如泰古之初則何必辨
等立教定親與疎恐中道晦冥轉人慾以滋甚此天常宗主賴聖君之責
歟果而安民考戴記之言思云敬若為教述班生之語心謂防於 矧今
東朝展慶上承慈極之尊后冊告成下迪民彝之大宜夫叶周至治定鼎
郟鄏頌唐中興定功淮蔡愚何幸親逢建極之君而身為極中之民孰敢
越禮門之外

聖人輔萬物之自然　三山李守正

物以類聚功由聖全輔萬有以咸
若本一真之自然屛乃多能静處不為之地贊夫庶彙俾安固有之天

一原肇自有初萬象紛乎同宇惟相之以道無事於矯拂故聽彼成形各安於生聚爾物不傷而不害是謂自然聖人何慮以何思克全所輔　睿智素稟聰明夙資意其運智以酬酢而乃存神於靖夷若曰好順惡逆天理素定揉曲以直仁人不為有道相爾無心處之九重正龍德之中神功俱泯庶類極魚麗之盛帝力何知　是輔也贊其化於中庸能盡之時想其宜於泰道交通之地若爾常性非吾私意鳶飛魚躍順飛躍之妙理蠖屈蛇伸於爾類贊成一付於本然生育孰知其所自臨也而有執也穆穆何為翼之而使得之生生各遂　吾知夫大造無全功有賴乎聖凡物具成理毋參以人禹何心於水以水用智舜何意於風因風阜民今此昆蟲草木順彼之順丘陵川澤因其所因苟涉人為之累恐虧天理之真又何事焉請考淮南之述不敢為也更稽老子之陳　乃若物言以御尚勞駕馭之權物謂之財未免剸裁之力揠苗助長垂勤終日之揠刻楮求工徒費三年之刻與其徇所欲以求逞孰若輔其宜而自得順如堯帝無為果見於垂衣理若文王不識但聞於順則　嘗論夫古者數聖人利及天下畫前十三卦理該係辭斵耒揉木蓋取諸益服牛乘馬所因者隨或刳剡以體渙或佃漁而倣離蓋當然而然靡強然爾故因利而利疇非利而不

見月令著篇有傷卵覆巢之戒豳風播詠歌烹葵剝棗之詩　抑又聞智巧不鑿自全生意之全機械少明未免人爲之病苟不誠無物則經綸辜一世之望必至誠盡物則發育遂群生之性此天地位萬物育子思子必本之以誠見輔相有功於上聖

聖人法天而立道　三山曹雲之

太極奠位聖人法天探其原之自出立是道以相傳稟睿智以端臨心寧過用憲聰明而茂建理本無偏　夫惟神心契元化之機皇極据域中之實謂開闢之初已具成理故扶植於上必參大造推睿作聖任兩間宗主之權觀法於天立萬世綱常之道大以能化得於不思念正統之傳雖自我以親授而大原所出自厥初而已基在天有可法者是道夫何遠而共己而治何爲哉密庸神化順帝之則莫匪爾揭作民彝　豈不以曰陰曰陽即仁義之端一冬一夏亦德刑之政可不仰以從事承而順命則稽如堯揭爲堯極之大面若於禹建作禹疇之正立之斯立無一非道法所當法奚矜於聖尊而居上存何思何慮之誠承以建中無不植不修之病　大抵道在極之先正賴扶持之力聖爲道之主當明法象之因況三才並位皆通貫於一理而萬古常經實綱維於此身我得不揭是彝之正直參洪造以彌綸盡贊化之誠因以修

教體錫範之意為之叙倫信乃聖之立道純乎天而不人武王順有顯之
常極敷是訓湯后奉無私之德建中于民　試觀夫天道寓春秋則主殺
主生天道在陰陽則一噓一吸道運於天而叶四序之来往道顯於天而
妙三光之出入信厥初位奠於是理以已具豈惟聖時憲或私心而強立
施而愽愛策兼述於董生位自致中訓亦陳於孔伋　吾乃知鰲極未分
象數循隱馬圖既出機緘可推所以令發風行之渙化成日麗之離道濟
於謙則禮以謙制道神於觀則教由觀施觀先天成理自易而闡見作易
聖人因天所為立者卓爾疇非會其抑見統御於乾變化合乾和之保交
通以泰裁成叶泰長之宜　又當知探無極之初者但見混融泯有形之
末者不幾淺狹今也不識不知泯若言意無聲無臭隱然象法故曰聖法
天天法道道法自然見運用之功不乏

聖人輔萬物之自然　盧陵張壽父

聖所謂道天而不人非強輔於萬
物本自然之一真擾五位以尊臨澹無所欲相群生之固有罔咈其因
大凡有生性所性順適其真上聖天其天因成而已運量於中不有陰相
靡刃於下殆幾巧使萬物林然生也曷遂其宜一人因而輔之自然之理
雖曰教化我職裁成我司然而擾擾之中虞舜以靜安安之外唐堯不

知兹利因所利利豈強者見輔不求輔輔斯得其聰明冠乎群倫寂然靜處品彙付之一順相以無私　想其贊其化於中庸能盡之時相其道於泰卦交通之義蓋有常性豈容私意昆蟲草木各順天理穀粟桑麻皆因地利信知物生各遂真機智者安行無事盛矣蔑加矣無一毫有拂其間相之使得之彼萬彙莫知所自　言之曰隨方而散聚物理素定任智以攖拂聖人不為況乾父坤母能生不能教人君宗子任真非任私特因功用之不及所以裁成之有資不惟舟楫蓋取諸渙錐至罔罟所因者離皆天然之理如是豈蔽者所能輔之何所事焉請考淮南之語不敢為也更稽老氏之辭　吾故曰禹治水矣不能強之西流稷播穀矣不能使之冬殖麟自遊鳳自至成后何意鳶自飛魚自躍文王何力蓋物有生有長其理順適特天不人不因資予輔翼相以自然宜其各得綵花徒剪甚哉隋氏之奢玉楮求工陋矣宋人之刻　然論之鳥鵲可窺也卵翼非我草木可識也勾萌者天自動自植自生自全奈何穿牛絡馬天者人矣續鳧斷鶴情其性焉嗟過為知巧大率求助故未能輔相已虧自然甚至機心見而鷗亦疑且驚于海安得至誠著而魚可察感躍于淵　噫畫蛇者適以自戕象龍者果將安補故此力非我有耕鑿咸遂則惟順帝識知何取至此

又所謂聖人觀天而不助焉何所自亦何所輔

聖人見道知治象　京庠黃愷翁

聖與人異治因類推道於中而有見象非外以能知躬全上智之資理觀其賾足驗當今之政形著於斯　聖人萃幽明之責以在躬於形器之中而察理元化運行洞洞無隱王政著驗昭昭可指是道自斷鰲之既判類實彰焉雖治非有象之可名見而知此　觀夫明足高世哲能識微身為三極之宗主用合兩間而範圍察乾之化得雨施雲行之妙驗泰之交悟陰消陽長之機盖象中有道隱者實顯如道外求象岐之則非恥躬中立以成能理窮至奧庶政足知其有兆應豈相違　豈不以若常若時證闢狂肅之殊一凶一吉影有惠從之異彼有所擊此其如示觀舜玉衡即舜欽典觀周土圭乃周布治信形上形下其本則一豈曰道曰象可分而二穆若岩廓之高拱燭理惟精聰如都鄙之所觀求端有自　請言夫象著於有形乃造化之至顯人惟不見道判幽明而異觀故板蕩證形川沸雷震優游害著日青夏寒苟不有聖人之識其誰窺元化之端玉燭既調民想影附泰階苟平國如石磐非因此以有見欲知之而實難仲舒述陽德之居教明所任翼奉論天心之敬言取其安　胡不觀雷者君之象出地震驚雲者民之象隨方隱見蒼龍象

物次則在野太白象丘義焉主戰凡著而成形治所由出非明其為道視猶不見當使輿言其有重暉開晉室之符毋令平謂之無甘露召唐家之變。自古人稽驗之意失而後世步占之說衆一擢掌之 用止昏火一宮室之過指為木水甚至以天戒驗朝鮮 原缺 星占燕運之興雖其證應其事固已幸然一象 原缺 能僅見夫賦斂重增谷永著日星之變讒邪 原缺 水之騰 又當知至治證應固以象求聖心 原缺 日月照臨即吾大易之常又河海流轉亦我 原缺 則聖人觀象亦不過求諸吾身之天地焉以 原缺

聖人 道知治象 三山陳堯章 原缺 類推知治象之攸驗見化工之所為仰以觀 原缺 出驗諸為政有成法之昭垂 聞之聖心體 原缺 天理與人事相為形見著而在上自可稽驗 原缺 運轉粤自極鼇之既判於道已存欲知治象之昭如觀天則見 觀夫大以能化得於不思窺鼓籥於左旋之際覩光明於下濟之時風雨霜露此教謂至春秋陰陽其端可窺觀彼之形知此之象苟無所見果何所知惟聰明之至為能求端於上於恍惚之中自有觀政于茲 想其觀風行於渙而彰渙之言觀天健於乾而正乾之事鑒實不遠于因以

視是宜月因其和則挾日觀法曆得其欽則授時敬致惟有形於上有象
於下故在天為道在君為治且乃神乃文而乃武識彼自然凡布政布教
而布刑昭乎如示　大抵天以道而示惟聖可見治者道之形自初已基
昔太極渾淪此道泯矣迨三才剖判聖人則之今此躬接原天之統面稽
上帝之咨雲漢昭回號令隨著雷霆震動刑威迭施道實在是象因寓斯
若曰定時策考翼生之對如云改政注稽師古之辭　向使河圖未出道
實隱於先天洛書未訪道不知其大寶則何以食貨有條疇布於周武天
澤旨禮爻分於太昊信昭則自天見則自聖法之為象體之為道法時布
政魏旌六典之昭設教盡神觀體六爻之造　又況皇極象天以理垂世
王畿象曰求中立規作服象日月立以為式制禮象天地從而下儀則知
象之所形皆道著驗聖其有作因天轉移承於王者任德刑政端云爾措
之天下謂事業自上形而　故曰天不愛道方示於人聖不祕道復陳於
象法垂治象政以昭布民觀治象人知歸往則知天以道覺聖人聖人復
以道曉斯世焉道無二心無兩
聖人五行以為質　撫州吳南一　惟聖察治以天驗人行即五以為質
事可參於在身挺卓爾之聰明行虞忒闕取自然之形氣證審相因　聞

之顯幽雖爲迹之殊感召皆自身而出非參諸證應以驗休咎則凡所云爲曷知得失天以五行而密運可探其端聖期一己之盡純以爲之質位始光覆明方繼離足以臨也大而化之雖天不求知但惟吾事之盡善然事恐未善必驗諸天而后知所以質彼之證正吾所爲粹然龍德之正中常虞有過參彼龜疇之初一益信於斯　豈非哲謀既作則火時燠水時寒肅乂不明則金常暘木常雨思必曰睿風斯叶于可不觀得性失性而相彼由致驗休證咎證而察其所主五如皆順行罔缺一一有錯行事當正五抱此誠明之正躬欲無虧觀諸運轉之機證皆可覩　大抵吾身視造物雖若有間天理與人事感之必隨觀雨若時斯衷在躬之敬因風有變始知措慮之疑顯然在彼之證驗可以推吾之設施曰從革曰爰稼則乂作以睿作不炎上不潤下是智虧而禮虧質不此取類何以推禹若稽天必稽自汨陳之后舜如審已亦審於允治之時　思昔以湯之齊聖而七載流金以堯之神聖而九年洚水豈躬行或有闕者而天變胡爲至此然儆予一意堯即悟於方割罪已數辭湯歷原其何以即當時之事觀之則爲質之言驗矣所以地平之效功底允成不然雨至之祥言猶未已乃若五味爲質而調和之理寓五色爲質而彰施之意明然作鹹作辛

不出水金之類以黄以圜特殊火土之名信散焉皆係於庶事而何者不
關於五行可不察 原缺 妙驗吾修省之誠是宜兼復也之言經垂戴
原缺 然之證志述班生 又當知士居於五默 原缺 蒐
曰以五實主彼貌言聽視苟叅求或 原缺 垂其次然則所謂
為質者又當考察 原缺 揆五事 原缺
聖人以日星為紀 三山藍謙甫 原缺 聖人以日星而為紀
擬天地以參身仰惟實 原缺 統理法彼東陽之曜庸 經綸 盖
聞見道知 原缺 察時自乾文而始仰而觀象軌度可考俯以立事綱
維在是雖神聖繼離明而治必也求端謂日星有常度者存以之為紀
觀其濬哲素稟聰明夙資道可貫於三極誠必參乎兩儀熙穽之績且汲
汲於齊政舉堯之綱猶拳拳於受時皆所以觀象而治承天所為剛有執
智有臨步占敢忽夜以觀晝以察經理由基 玆蓋一周三百餘度而靈
曜弗違五佐二十八宿而常經自正秩若有序迄無舛令是宜地自我明
而隨分畫地政自我修而以中考政使輝煌咸炳於列曜見統紀有資於
上聖作謀作哲運乾旋坤轉之機有列有明蔑渙散乖睽之病 大抵厥
初開太極固有法以有象其間非聖人果孰綱而孰維月何關於量而月

以量取時何預於柄而時因柄移况此太平之休運叶應圓極之祥光陸離昏婁宿旦軫宿而乃别季仲春暘谷秋昧谷而遂分析夷紀者理也則何遠而疏考孔生備述授時之語記稽戴氏兼陳作則之辭　古者人時之授必謹占星王畿之廣亦惟象日或炎帝司之星屬婺女或太皥掌之日行營室凡六為舉動皆本造化豈總攝綱維不由平秩倘依於斗定更稽斗建之移如著在月窮亦考月行之疾　因知民間暇而日有化日德昭明而星云景星重暈重輪有曜皆顯同色同晷流光自形信象非偶者紀不偶叶而彼既效驗斯焉效靈鄧平雖驗於初躔第施於曆賈誼計言於必善請念乎經　雖然為君法天固自我之當然立經陳紀尤在君而必以故中和之紀樂自此作賞罰之紀國因以理然則聖人以天文為記而不忘人紀之修豈正日星而已矣　隆興梁崧老

治象開泰聖人法乾以日星而為紀於朝夕以皆天稟聰哲以在躬居常惕若即暉光而作則叶用昭然　蓋聞造化常經有法者存帝王此身與天則一仰觀于上躔次不紊俯驗諸躬綱維自出聖惟内省于其天不于其人紀匪外為以是星而以是日　雖曰睿哲高古聰明冠倫理精而世故已熟天定而本真益純然念出以視朝莫難運陽明之德入而向晦恐易移夜氣之真必

以日星之成象用而綱紀於吾身全實聰實睿之資大其運量觀有列有
明之象法以經綸　豈不以晝經之秩皆我經常斗綱之建即吾綱理履
行純粹乾文表裏武何所用因五叶以建極舜不必設由七政而審已垂
象于上有紀在焉取法以還與天一耳足以臨也毫釐絲忽之敢欺則而
象之璇玉璣衡之察以　請言夫無一息不運者乾象昭著與大造相維
者聖人所為况陽動陰靜闔闢一理而夜息晝梏存亡兩岐必以在天之
躔度推而作我之綱維義響朝騰則政響有執玉繩夜轉則聽繩不欺天
則如此聖人以之想敬以授時維乃參於堯帝諒仰而觀象繩遂結於包
犧　蓋聖人一日之次混融乎洪範睿思一星之係貫徹乎中庸性命日
叶日之時脉絡作哲星齊星之文源流察政觀吾躬一太極本自相貫然
天君於列象尤嚴取正則知參彼以驗此所謂觀天而見聖切想夫夙興
惟統光瞻犧馭之升夜半論經輝挹奎躔之映　然嘗論慾波不流豈召
飛流之異性天（原缺）　真薄蝕之因艷煽昏吾紀微則見外淫滔亂吾紀
（原缺）　故必戒小星之寵陰屏女謁揭皎　之照氷消倭臣信變者在
彼常者在我而徹之自天回（原缺）　吾王祥一正漢綱之大暈重
闡瑞再開晉（原缺）　曰天文萬變足驗人文身法一脉尤關家

原缺
星近則爲一身之紀遠則爲萬世之 原缺　　星輝聯群象之著光符重日瑞絢五龍之 原缺　治　隆興
路萬里 原缺　　日星而爲紀凡朝夕以皆天獨稟實
原缺　　成象作經理以繩然聖人極中動 原缺
原缺 與天終始參諸晝夜炳炳垂象作我 原缺　之紀非
器數當正所爲謂乾文之運有日星云胡不 原缺　夫大矣經範圣哉盡
倫性内參兩儀之運胷中一太極之真天光發越萬物仰照德性昭融千
官拱辰然猶觀象以爲紀式表存誠而律身此清其君正其官猶懷兢惕
彼昰乎晝見乎夜用作經綸　蓋曰統非由理取辰統之相維經非以法
有天經之母失乾行軌度之一定人事凖繩之自出武疇何以叶曆用其
五舜經何以有政齊者七紀焉綱理之有常天者流行之則一德全内抱
心淵湛君以無私象取陽垂身法因之而有秩　大抵運行同此極觀天
象以可見絕續間其心非聖人之所爲況百爲錯綜豈容泛若以無統而
萬變往来方且紛乎其理絲必吾身有法以主是此上聖以天而處之審
已察其文德晷常運視朝必於朝聽繩焕垂有所謂自然之則得之於取
法之時想人由湯后之修德新以又諒天自有熊之順曆考而知　蓋始

者一極胚腪同是真機五行疑合各全正性陽德舒明德中自有靈耀神心經緯心外本無天政奈何智者鑿其天適貽紛錯之患昏者悖其真終昧操持之柄彼謬迷失統自外元化此終始憲天獨歸至聖豈但統惟萬事扆知天統之同不惟綱彼四方衛取年綱之正　抑嘗謂日星天之綱固取經常之義日星陽之類當明法象之因可不嚴太陽之尊而體統不紊儼皇極之居而權綱一新毋日中見昧而昏蔽於外寵毋星微主譏而糾紛於小人蓋在天垂象正以純剛之力而貴陽賤陰又其定紀之陳又豈止正統莫干共仰大明之光耀攺權獨總咸瞻太一之威神　是何日存定晷而或節陽精星有常躔而或差曆法豈未離乎忝寧免差忒苟取必於天得無玩狎要知有時而或紊者日星之紀無時而不形者聖人之紀焉足想明時之道治

永樂大典卷之一萬四千八百三十八

重錄總校官侍郎臣秦鳴雷
學士臣王大任
分校官編修臣孫鋌
書寫儒士臣王一鳳
圈點監生臣林文春
臣董千齡

前言

「《大全賦會》五十卷，永樂大典本，不著編輯者名氏，皆南宋程式之文。」[一]這是《四庫全書總目》總集類存目爲此書撰寫的提要中對該書的介紹。提要的撰者對該書的介紹僅止於此，以下通篇是考證。然而其考證並非對書旨的揭示所作的考證，而是列舉了宋代禮部科舉條例，標明詞科考試對辭賦用韻的規範和字數的規定。進而又舉出淳熙重修文書式對科考辭賦避諱字的限定。篇末提要寫道：「是下筆之時，先有三四百字禁不得用，則其所作，苟合格式而已。其浮泛庸淺，千手一律，固不足怪矣。」[二]除《四庫全書總目》於存目類提到此書外，趙萬里先生在《〈永樂大典〉内輯出之佚書目》一文中，著録有「《大全賦會》五十卷」[三]。除此之外，任何書目，都無有此書的任何信息。《永樂大典》中收入的《大全賦會》五十卷，是完帙還是節録，底本是刻本還是鈔本，編輯者爲何許人，這一切，迄今無人知曉。而從《永樂大典》中所輯録出的這五十卷《大全賦會》，中外公私圖書館的書目中均未見著録，因之，《中國古籍總目》中，無《大全賦會》這一書名，此書已不爲世人所知，在人間消失了。

《大全賦會》一書，真的就從世上消失了嗎？事實並非如此，在海内外遺存的《永樂大典》殘卷中，有兩個寫卷，保存有《大全賦會》的録文，它們是《永樂大典》卷一萬四千八百三十七和《永樂大典》

卷一萬四千八百三十八。《永樂大典》卷之一萬四千八百三十七「六暮賦」下收有「大全賦會三」，收賦共三十五首。卷末存文字六行：「重録總校官侍郎臣高拱／學士臣陳以勤／分校官修撰臣丁士美／書寫辨事吏臣李應陽／圈點監生臣馬宗孝／臣扈進第。」《永樂大典》卷之一萬四千八百三十八「六暮賦」下收有「大全賦會四」，收賦四十一首。卷末存文六行：「重録總校官侍郎臣秦鳴雷／學士臣王大任／分校官編修臣孫鋌／書寫儒士臣王一鳳／圈點監生臣林民表／臣董于翰。」《永樂大典》的編排，是依《洪武正韻》按韻部勒字，於「六暮」下的「賦」字，將《大全賦會》收録。其書名「大全賦會」下的「三」「四」，當是原書卷次，即卷一萬四千八百三十七所收者爲卷三，卷一萬四千八百三十八所收者爲卷四，以此類推，可知《永樂大典》卷一萬四千八百三十五所收者當爲卷一，《永樂大典》卷一萬四千八百八十五所收者當爲卷五十。卷三卷四兩卷收賦七十六首，則五十卷收賦當在一千五百篇左右。每首賦以七百五十字計，五十卷大約共一百二十萬字左右。這些，是《永樂大典》卷一萬四千八百三十七和《永樂大典》卷一萬四千八百三十八留給我們關於《大全賦會》的信息。

這兩卷《永樂大典》所存七十六首賦，全是律賦。律賦寫作不僅限韻，且講究平仄，必須對仗工穩。「舊制，以辭賦聲病偶切之類，立爲考試試舉人程式。一字偶犯，便遭降等，至使才學博識之士，臨文拘忌，俯就規檢。」[四] 七十六首賦，題目均以「聖人」開端，充分體現了「代聖賢立言」的考試模式。賦作者對「聖人」作了極高頌揚，將其比諸天地，「天地至大，聖明與參；擬其迹以雖異，並諸身而曰三」[五]。「參」「叁」古通，「天地參諸身」者，謂「聖人」其身與天地而爲三者也，這所謂「聖人」，其實是最高統治者皇帝的化身。而「聖人」治國，必須「綱紀正」，「唯條目繩繩，罔不整飭；故邇遐晏晏，同躋寧敉」[六]，這才能「父詔子，兄詔弟，和藹家室；耕遜畔，行遜路，俗陶田野」[七]。因之提出「君正則民興，有不紊之綱領；身躋而國治，常率先於朝廷」[八]，希冀「聖人」能以誠明之心、中庸之道治理天下。「誠明聖所至，純乎天不雜乎人；中庸民鮮能，抱此性必根此德。」[九]四書五經是治國的理論，遵奉三綱五常是治國的基礎。「《易》存乎蘊，卦莫重於首畫；元乃其統，端宜先於上求。聖其祖此，與物更始；神而化之，自源達流。」[一〇]「率《中庸》之性，而悠久無息；設大《易》之教，而變通盡神。」[一一]指出「聖人」仁能守位財能聚人：「位素《履》以守位，財必《豐》而聚人。智有足《臨》，望素乎於當世；寬能凝《鼎》，利兼萃於《生民》。」[一二]用《易經》卦名和《詩經》篇名組織成文，這種近於文字遊戲的手法，實際上是生員在考試中炫耀其才學的一種招式而已。要求「聖人」「正人倫而在我，定民志以歸中。稟獨智以無爲，尊卑此別；安群心而不應，趨向皆同」[一三]。考生們在賦中，提出對「聖人」的種種期望，實質上是委婉曲折地表達自己對朝廷的訴求，希望自己的才華能得到朝廷的認可，以施展其報國的雄才。

今天影印和整理出版這兩卷輯自《永樂大典》的《大全賦會》，簡而言之，其意義有如下幾點。首先，它爲《中國古籍總目》增添了一種亡佚逾千年的古籍，這當是圖書館學界、目録學界一件很有意義的事，值得慶幸。其次，增添這樣一部内容特殊的辭賦總集（儘管部頭小數量少），爲異彩紛呈的辭賦學研究，提供了一份不可多得的資料。再次，這兩卷《大全賦會》存賦七十六首，作者七十五人（其中陳堯章兩卷中各存一首），七十三人姓名前都冠有里貫（卷四前兩名李叔虎和吴逢泰未冠里貫），使我們可以考見這批生員地域的分布情形，如三山二十五人，盱江十三人，建安六人，興化四人，隆興三人，廬陵、袁州、太平、江西各二人，餘者均爲一地一人。於此，可約略考見當時南宋疆域内各地的經濟、文化、人才培養等方面的情況。另外，它爲我國古籍整理特别在輯佚學方面，也有着不小的意義。

羅國威　二〇二二年五月於四川大學竹林村思藻齋

［一］《四庫全書總目》第一七三六頁，中華書局一九八七年七月。
［二］同上。
［三］趙萬里《〈永樂大典〉内輯出之佚書目》，《北平北海圖書館月刊》一九二九年第二卷（三、四號合刊）。
［四］《宋會要輯稿》選舉三之二七，第五册四二七五頁，中華書局一九八七年十一月。
［五］盱江鄒子益《聖人擬天地參諸身賦》，本書第一頁。
［六］三山劉澤民《聖人綱紀正天下定》，本書第二四頁。
［七］同上，本書第二四頁。
［八］同上，本書第二五頁。
［九］三山陳堯章《聖人抱誠明根中性》，本書第一九頁。
［一〇］建安葉木元《聖人祖乾綱以流化》，本書第三八頁。
［一一］盱江李叔虎《聖人久於道而化成》，本書第三七頁。
［一二］三山謝拱父《聖人仁守位財聚人》，本書第八三頁。
［一三］三山蔡惟和《聖人辨上下定民志》，本書第八七頁。

目録

附　録

大全賦會三

聖人擬天地參諸身賦

盱江鄒子益

天地至大，聖明與參。擬其迹以雖異，並諸身而曰三。稟厥睿聰，位乎中而有立；揆之高厚，質於己以無慚。厥初判太極而三才，惟聖中兩間而並立。揆之大造，雖若異迹；質以眇躬，曾無二致。擬非求合，同者此理，殊者氣形。參則謂何？顯而吾身，隱而天地。雖曰德稟睿哲，姿全智仁，顧藐焉淵穆以中處，似判若高卑之位陳。然而職覆職載，惟職教以何慊；辟上辟下，揆辟中而亦均。皆隱然運量之妙用，非求以擬參於聖人。德運乃神，任此化工之托；迹非求象，同然己德之純。擬者何？非規規驗動静於山川，非屑屑揆往來於寒暑。三極肇判，一機相與。觀上下於堯，躬亦率性；驗幬覆於舜，己同揆叙。兹聖神並立於其間，特幽顯不同於所處。明足有臨，智足有執。爲用也弘，躬不必象，己不必當，並觀其所。大抵合隱顯而觀，於迹若異；與天地同大，惟王則然。彼琮玉可禮地，由有意於象地；璇璣可齊天，尚容心於察天。惟此則無心於比擬，自然與元化以周旋。行爲則矣，何待取法；動應規矣，奚勞象員。參之爲擬，非有迹也。三者並行，不相悖焉。大《易》修之，不假範圍之力；《中庸》正此，自同化育之權。且以流形於地，岳瀆山川；有象於天，星辰月日。是雖洪造之迹異，而有大君之首出。其身之正行，同攸叙之五；其身之修政，並以齊之七。果何心擬象以爲參，特其用周流而則一。想周正集命，毋勞占測日之圭；諒黄帝服形，豈特驗吹灰之律。因知位奠而三，由泥物理；道貫於一，始融性真。今此内境湛一泓之水，宸襟融萬象之春。海晏河清，吾心地之主静；雲行雨施，吾性天之運神。此又能全造化之全體，見還有一乾坤於一身。堪嗟思正之太宗，德求以合；孰謂齋精之宣帝，利待乎因。然而天時豈能無旱暵之災，地道亦或失水金之性。聖也，德宇之春，不盡發育；善淵之妙，無窮涵泳。君子則曰：天地之天地有《否》《剥》，吾身之天地無《睽》《離》，何待擬參於上聖。

聖人擬天地參諸身賦

江西張深父

妙擬天地，理融聖神，以同出於太極，故默參於此身。躬睿智以有臨，存誠者至；準高卑而與合，視已惟均。常人多自累於群形，上智獨妙融於三極。謂胚腪之始，既本同體；則踐履之間，固宜合德。雖人有一身之天地，鮮矣潛心；惟聖參太始之機緘，擬而順則。神以運德，聰而繼天。胸中元氣之流轉，性内真機之斡旋。不形其形，默探與形之始；不物於物，妙窺生物之先。蓋吾身造化同所出也，豈妙用工宰得無異焉。作哲作謀，方寸洞澄於淵鑒；以觀以察，一中還有於坤乾。擬之曰陰陽分動静，則我之動静亦然；乾坤具剛柔，則我之剛柔豈異。厥初相貫於脉絡，反己何容於私僞。係星載岳，混融形著之誠德；降雨流霆，凝合清明之神志。非自形自色，同一本原；何徹上徹下，妙參天地。方龍見尸居之際，盡性無餘；察鳶飛魚躍之間，反躬皆備。言之曰：三才異勢，非有極之外物；上聖踐形，全眇躬之兩儀。彼蜉蝣寄天地，與物何異；醯鷄處天地，豈人所爲。惟此氣凝五岳之至粹，心體北辰之不移。《乾》首尊居，正此元首；《坤》支順適，暢於四支。使上下蟠際，與我無間；豈土木形骸，所能自知。想文后象明，象以德純之日；諒伏羲觀法，觀於近取之時。泛觀夫中受天地，毓和粹於性情；形肖天地，寓方員於顱趾。既同得於氣禀，宜罔乖於躬履。何虚舟其體者，不知厚載之德；何死灰其心者，未識好生之理。彼形囿宇宙間，塊爾者位；此心在天地先，自然之擬。是則照臨運德，皆吾之日往月來；行止隨時，即我之川流山峙。然嘗論物有不倫，則擬之力有待；道如本合，則參之言可無。迨天旱災殊湯德之配者，水患異堯功之蕩乎。則己憂未得，始驗龍萓之放；而事責過詳，庶幾霓望之蘇。使始焉兩間，非有異證；則渾若一體，果何間吾。是則宣既遇災，可不行修於瞻漢；光非鬬野，何勞指示於披圖。乃若河决何時，而多慾自如；霜旱何世，而疲形不已。不曰錫智之王，且因不雨以剪爪；懋德之主，尚以横流而罪己。如其不知參擬，而徒借天地有憾之説以自文，非聖人之心矣。

聖人以天下爲大器

三山何文龍

天下至重，聖人謹持。爲大器以在是，宜歷年而保之。寶位尊臨，襲此累傳之慶；緜區坐奄，作吾巨用之資。聖人瑤圖光紹於累朝，寶祚鎮安於中夏。謂我家付託，斷匪小用，故予心謹重，不容輕假。處兆民之上，獨膺社稷於朕躬；爲大器者何？長保祖宗之天下。觀夫濬哲高世，聰明冠倫，皇天眷命，奄爾四海，百姓屬心，係予一人，可不以此重器負子？朕身智足以臨任土地人民之寄，安明所置，豈準繩規矩之陳？是器也，國家重玉，綿亘億年；山河巨鎮，雄吞萬里。要在永保，毋容輕視。受不在球，而在商邑之封域；寶非以鼎，而以周原之疆理。捨是爲之，特其小耳。五百年曆數相傳之統業屬焉，百萬井提封自治之規模係此。大抵人主以一身負其責以甚大，天下非小物，顧所置之何如。漢祚石盤，關内增重；秦邦瓦解，殽函擁虚。故此萬鈞雖重，寧如萬國之底定；九鼎雖貴，不若九州之奠居。是器可謂大矣，在我毋輕置諸。五不必修，想舜帝治平之際；六何用禮，諒成王綱紀之初。至如爵云公器，寧假人爲；威曰神器，宜伸天討。器或寓於藏禮，器或形而謂道。雖散而爲用，特天下之一物；矧付予有家，乃域中之大寶。要將措斯世於無危，所以多歷年而永保。抑見重惟仁舉，歸仁起海北之夫；利以德施，觀德聳山東之老。又況鼎命啓中興之運，寶龜衍奕代之傳。侯圭男璧[一]，玉帛甸衛，蠻琛夷貝，梯航陸川。雖衆寶畢陳，固天下之願也；然大器當重，尤聖人之責焉。是則奠枕于京，穆穆迓衡之俗；覆盂而治，熙熙擊壤之天。又當知扶持大物，非綿力之能成；經綸重任，得群材而爲盛。鈞璜如望，出逢渭水之獵；負鼎若尹，來就莘郊之聘。然則聖人以天下爲大器，而賢者又天下之利器焉。見臣賢而主聖。

［一］璧，原作「壁」，據上下文意改。

聖人以天下爲大器

譚州周興

器孰爲大？聖宜審觀。以臣忠之過計，措天下於常安。據寶位之至尊，豫思有托；即緜區之巨用，益底多盤。當其乾符方開運以有歸，震子亦諸祥之非晚。然社稷重任，貴在謀早，故臣子至忠，過於慮遠。非小智所及，惟聖人可與守邦；爲大器者何？安天下宜先正本。雖曰濬哲高世，聰明繼天，國勢民心之盤固，祖功宗德之綿延。續日躋之敬，必有日以重曜；統星拱之民，將有星而粲前。特坤器之傳，至重至大，故臣計若過，不容不然。《離》照以明，當衍我家之慶；《坤》輿所奄，敢輕是寶之傳。蓋曰湯孫未立，球當念於受商；禹子將生，鼎可知於傳夏。事機寧至於過慮，儲嗣豈容於或舍。必本思豫建，民俾按堵；毋嫡不早定，勢形解瓦。繼聖以聖，固有待焉；非器之器，此爲大者。五百年勃興運祚，復欲善承；千萬里奄有封圻，豫防輕假。吾知夫臣心知愛君，常過所慮。天下非小物，不安則危。况大器晚成，未必無多男之慶；而大器難傾，當先培萬世之基。此明君欲長世以繼體，故儒者合先時而進規。要使國本一正，而磐石九鼎；宗祏載安，而泰山四維。器所謂大，聖其審宜。想文以是傳，鼎有難遷之象；諒成能以守，寶隆所遺之龜。故嘗謂憲宗中世，豈無憑藉之紀綱；文帝元年，未可動摇於宗社。何大器難獨化，切切於絳；何大器在所置，拳拳於賈。而且國嗣未立，衆等之疏力請；太子蚤建，有司之言具寫。蓋續聖人後，當日圖之；故爲天下計，又寧過也。必言自魏謨之建，始免傳非；使書無楚客之規，孰知安下。又况璇源襲慶，纔十四世；寶運垂休，何千萬年。然而燕翼之貽，當啓爾後；虹流之兆，未開厥先。宜乎金闕寫丹衷之奏，玉音勤清問之宣。謂日夜豫思，臣計孰矣；雖春秋鼎盛，帝心察焉。又將見繼承寶璽之休，愈躋于盛；恢拓金甌之業，永保其全。又論之，餽邊大計，易傷田里之和；生財大道，毋蹙國家之命。是以壽昌納粟，終損漢富；平叔更鹽，反虧唐盛。是必聖人以天下爲大器，而所以愛護其器者，靡不至焉，則大本不爲徒正。

聖人以天下爲大器

盱江高仕卿

本正上聖，慮關普天。以是器之爲大，得其人而後傳。據寶位以端臨，重《離》孰繼；奄緜區而巨用，主《震》惟賢。蓋聞祖宗立國，固欲衍於基圖；嗣續得人，乃能安於宗社。創造以來，有是重任，畀付于後，斷無輕假。伊天下乃至公之天下，器亦大哉；非聖人復繼有於聖人，責誰任也？觀夫正位凝鼎，握符闡珍，纂帝王今古之正統，任社稷人民於一身。念金甌自保，固無負承家之責；而寶奎相傳，尤當資有德之人。非建茲賢嗣，每謹所授；是有此重器，與無則均。稟德冠倫，每異皇圖之衍曆；待人後寶，甚於王府之貽鈞。是器也，中國磐石，億萬載之丕基；四海廣輪，幾百年之輿地。斷匪小用，無容輕畀。夏鼎貴矣，必夏啓以乃授；周寶重矣，非周成而寧遺。繼者述者，必當其人；保之惜之，有如此器。足以有臨也，思子孫世守之謀；擇而後措之，皆夷夏生靈之爲。天下非小物，猶置器之當謹；聖君付後嗣，必得賢而乃宜。況幾年謹護，萬幸脱乘航之險；使一旦輕授，烏能無累卵之危。故欲奠坤輿之廣，但當嚴震子之司。必文帝果賢，漢璽乃奉；毋扶蘇不立，秦車莫支。知所重矣，曾何殆[一]。而置以宜安，請考賈生之語；定之不易，兼稽李絳之辭。蓋始者應符創業，幾載規恢；定鼎建都，累朝培植。嗟前人付我，正期永保於鴻祚；豈今日貽謀，烏可或輕於燕翼。得不嚴國器之守，每擇賢輔；謹神器之荷，必求敏德。使其付授之少忽，縱欲延長而安得。必敬於元子，乃貽陳寶之邦；非祇若嗣王，豈付受球之國。抑又論付托於後，固有緜延之望；儀刑於前，當創造之難[二]。必也念神璽之重，則守位惟謹；思銅駝之棘，則寢薪敢安。毋寶貨玉食，嗜好徒逞；毋瑶臺瓊室，逸遊自盤。以此正後代家傳之本，斯可堅萬年國勢之磐。將見西北舊疆，故土重恢於疆界；東南半璧，諸侯復會於衣冠。然昔人嗣皆可立，何必推仁孝之聞；子固宜繼，何必察謳歌之者。蓋與其出於己見，私以授受；孰若採諸衆望，爲之取捨。夫惟今日以儲嗣爲天下公器，而必參之公論而後正焉。大器永傳於天下。

［一］「殆」下疑脱「哉」字。

［二］「當」下疑有脱文字，或當爲「思」。

聖人寶天地之綱紀

盱江鄧王孫

元化攸係，聖人是司。位天地之中也，即紀綱而寶之。躬全淵懿之資，彌綸所寄；首重高卑之統，綜理於斯。切原兩間所以立者，扶植之功；一日不容紊者，經常之道。如非謹重於明主，果孰維持於洪造？且天地自肇分之後，綱紀已存；通古今無可泯之時，聖神是寶。觀夫濬哲生禀，聰明夙彰。念太極分兩儀，有統有會；而大君爲宗子，是維是綱。非彝常一理，自我愛護，則天地中間，伊誰主張？膺此珍符，出任宗師之托；貴兹統緒，俾循高下之常。寶之如何？正《乾》之統，貴於《乾》玉之良；秉《坤》之維，甚若《坤》珍之瑞。張理所在，扶持者至。重堯之經，堯但文運；謹舜之叙，舜惟事治。倘非寶此之綱紀，毋乃塊然之天地。一己任成能之責，審所當先；兩儀有定序之常，毋容輕視。請言夫厥初開太極，綱常之理已具；其間無聖人，造化之功孰全？使漢緯唐經，有少紊也；縱隋珠和璧，亦何恃焉？故此加珍重保全之意，任整齊秩序之權。世未知有極，順帝則以敢後；不可無倫，訪《洛書》而是先。予非敢忽，乃所謂寶它有足珍，恐其不然。想黄帝重兹，皆屬緯經之域；諒伏羲珍此，咸歸綿絡之天。蓋始者天有天綱紀，而日往月來；地有地綱紀，而川流山峙。人知高下，一定者序，孰識經緯，不踰此理。聖乃齊而七政，首在璇玉；叙以九功，先修金水。非聖人寶此，是主是宰；恐元工紊矣，不綱不紀。所以建功自武，叙倫並惟玉之珍；德合於文，爲政喻琢金之美。夫然故星珠月璧，天象絢綵；河帶山礪，地維闡珍。或晝夜有經，既秩既序；或東西爲緯，以平以均。此真機運轉，果孰王於元造；皆一理扶持，大有功於聖人。不見明三統以運三星，志自班生之述；叙五行而次五紀，範由箕子之陳。抑又聞經綸穹壤，固已屬於九重；恢張治化，尤有資於衆正。必也經陰經陽，金甌碩輔之當軸；維藩維翰，玉帳元戎之分命。夫惟能寶天地之綱紀，又能寶賢以共寶之，咸仰當今之明聖。

聖人寶天地之綱紀

江西汪仲遜

綱紀至重，聖神謹持，爲天地以寶此，貫氣形而統之。崇一德以統臨，主張自我；秩兩儀而張理，珍愛於斯。蓋聞兩間實有資總攝之功，一日不可缺經常之道。使吾心輕視，不任重責，恐元化無統，必虧大造。且天地賴紀綱而乃立，信有其原；此聖明必珍重於其間，以爲之寶。觀夫睿哲高古，聰明繼天，立一經常之統，任兩儀宗主之權。若曰德比乾玉，當令乾紐之運轉；躬握坤珍，必使坤維之混全。使紀綱不有以寶也，雖天地亦幾於塊然。眇躬全日睿之資，輔成責重；一意貴統元之妙，高下繩聯。豈非陰陽有以繩，乃循寒暑之經；上下無以統，必紊尊卑之位。當貴所保，毋輕以視。堯舉而經，重於堯玉之薦；文勉以張，有甚文龜之遺。何常經所在，視若珍寶。蓋一目不張，有虧天地。九重儼若，宸躬膺輔贊之權；歷代重之，元化得彌綸之義。大抵綱常正理，貫三極以統攝；明聖贊化，謹一心而主張。況杓衡天之綱，環拱衆星之列；江漢地之紀，流分萬派之長。信所謂商緒周經之秩，有甚於隋珠和璧之良。山河由此正，襟帶咸秩；日月自此明，緯經有常。使大經不謹以不重，則洪造孰維而孰綱。想黄帝羅星，何必元珠之索；諒成王經野，無煩鎮器之藏。是寶也，考之於《易》綱曰祖綱；著之於《書》紀云叶紀。向非寶重《河圖》，彌綸八卦之道；寶居皇極，紬繹一中之理。則何以天以之經，歲月運轉；地以之緯，山川流峙。凡上下千餘年，宇宙秩若；皆前後數聖人，始終寶此。使統如失漢，漢皇何取於振金；若綱既漏秦，秦帝徒誇於傳璽。常觀天經斁於旱，勢極焚虐；地維裂於水，倫嗟汨湮。迨夫周綱復振於鳴佩，夏紀力扶於有鈞。所以績用底成，自致琳琅之貢；蘊隆已殄，何勞圭璧之禋。於紛擾之餘，復秩定位；見統攝之功，有資聖人。更令績就撫辰，亦仰體在璿之玉；抑使經勒强海，又將分鼇瓚之珍。抑又聞胸中有造化，器與道融；心上起經綸，理明慾净。故我金石其令，謹綸綍於告詔；圭璋其行，守準繩於德性。是必寶一身之綱紀，而後能保兩儀之綱紀焉。建天地而關百聖。

聖人寶天地之綱紀

盱江陳彦誠

綱紀至重，聖神謹持。因天地之錫此，任宗師而寶之。端履位以有臨，妙而獨運；保常經之無墜，足以相維。聖人貫統形統氣之機，妙立極立心之道，謹重一意，扶持大造。且天地豈能自運，予總其權；使紀綱少有不齊，是輕其寶。觀夫黼設丹扆，琉垂紫宸，知此理實兩間之脉絡，在吾心妙萬事以經綸。且曰典雖所秩也，予必勑典；倫固所畀也，我當叙倫。能於綱紀，視以爲寶。所謂天地，立之在人。以執以臨，得工宰獨專之妙；曰張曰理，誠高卑可貴之珍。是寶也，藏於家兮，繩繩父子之倫；瑞於國兮，總總君臣之義。以齊洪造之常序，以秩化工之定位。舉堯之經，大符堯帝之訓；勉文之緯，紹即文王之遺。此聖明中有主宰，捨綱紀外無天地。統御仰聰明之冠，運以不窮；整齊合上下而觀，保而無墜。請言夫幽明與並立，異勢同理；今古不容墜，三綱五常。況乾成男，坤成女，人之性本貴；而陽爲夫，陰爲婦，氣之和亦祥。信彝倫可不珍重，在上聖力爲主張。湯后肇修，旒不必綴；成王以治，鎮奚待藏。則知欲立天地，在扶紀綱。想尺璧可輕叙，道本爲於夏后；諒介圭寧用緯，方由起於宣王。蓋始者瑞陳龜字，胚腪正直之彝；珍負馬圖，發露剛柔之理。向非寶《皇極》兮範建周武，寶神《易》兮畫陳羲氏，則何以定八卦之首而植立乾統，叙五行之次而維持歲紀？非秩吾常道可與立者，是有此至珍反爲輕耳。毋若亂繩未理，璧徒託於雍郊；寧如失統莫操，鼎謾誇於汾水。迨夫人紀一齊，地紀截若；朝綱一肅，天網秩然。琴入五絃之奏，帶兼四海之連。貫作珠星，合作璧月。植爲朱草，液爲醴泉。以此見鬮握珍符之地，皆有關扶持正大之天。更令永以綏民，商后弭雉飛之鼎；謹而徽典，姚虞正璣在之璿。終之曰：鈞衡改正，則星且改躔；鼎鼐失調，則水因失性。必也綱戒其陵，拳拳補衮之望；紀齊所領，藹藹繡裳之詠。是又所寶惟賢，以共扶天地綱紀焉。咸仰臣賢而主聖。

聖人接三才理四海

盱江陸定甫

道貫太極，聖司治權。理四海以孰是，接三才於自然。嚮此離明，因統元而紹續；推而臨御，默與世以周旋。聖人即心爲夷夏之經綸，揭人與乾坤之綱紀。續其一脉，未始少間；治彼群方，曾何强使。且四海非三才外物，無所容私；接三才於四海中間，是之謂理。大以能化，廣而運神。自渾淪肇判於萬象，而總攝實歸於一人。所以身有極之後，繼繼建極；冠群倫之上，緜緜叙倫。純乎任理，以接以續；外此爲治，孰成孰因。祖乾綱於兼御之時，使之聯絡；通泰道於皆徠之域，順以彌綸。吾非創爲之統，而臨統一之天；吾非强習其紀，以御紀爲之地。貫必有道，治寧任智。格上下，授人時，南秩朔易；叙平成，厚民生，東漸西被。運其機而不强以力，舉斯世亦莫知所自。陰陽之準，民極之立，續續匪私；舟車所及，人迹所通，安安無事。吾故曰：總一世權綱，初匪容力；續三極脉絡，當無已時。蓋覆載中物，莫踰天地之形氣；而宇宙内事，不過君民之訓彝。故聖也，本諸性以非鑿，安群生於不知，則皆順帝道，化四被，智若行水，教聲四馳，接之勿使間耳。理者曾何强，其若曰兼臨，三復華譚之語；如云奥廣，載稽仲郢之辭。蓋四海乾清坤夷，惟驗乎河岳日星，家齊國治，所辨者君臣父子。然而三統不屬，元氣間斷，三綱少紊，彝倫廢弛，是必有叙疇之主，乃悦服於内外；無修府之君，曷會同於遠邇？信接而理之，非矯拂也，特因彼本然以維持。是不見堯邦奄有文經，相與以運行；湯域肇開人紀，實爲之終始。彼有昧三才於胸中，以絶爲繼；置四海於度外，雖安易危。爨稔西屠，舞殿風雨；禍基南幸，華清苑池。或艷挺趣馬，侵國之難作；或色嬖羊車，亂華之變隨。於大造生民，秖自絶耳。則一縷治脉，將誰續之？豈止夫仙承臺露於柏梁，秏虚者漢；人綴衣冰之花綵，沸湧於隋。又孰知聖全仁義，先得我心；聖極動静，互根二氣。歛而方寸之變化，散則萬形之經緯。故曰未理則爲三才已奠之四海，既接則爲三才未判之混元。聖乃混元之謂。

聖人接三才理四海

盱江余子範

聖以順動，治非力爲。合四海以主是，接三才而理之。洪惟貫道之君，妙融其際；安彼從風之域，各得其宜。切原造化人心，有此自然；聖明治世，因之而已。惟順其成法，洞洞幽顯；故何所容力，安安遠邇。聖接三才之一脉，形其無形；時臻四海之群生，理皆自理。觀其德冠于古，化馳若神，動作蔑一毫之僞，流通本太極之真。繼善之成，續續陰陽之道；緝熙之止，繩繩父子之倫。蓋合氣與形，本不外理，故成順致利，因而治人。不可知之謂神，顯幽無間；推而放諸而準，脉絡相因。由是上乾下坤，垂世衣裳；愛親敬長，示人仁義。物各付物，事行無事。配順得人，安堯奄有之域；平成治事，叶禹會同之地。蓋三才之理，當然而然；故一人之治，因利而利。從容以中，合財成左右之宜；矯揉毋容，極南北東西之自。吾知夫一道妙之真，自散氣形之内；開世運之治，豈容智力之私。蓋物物具乾坤，惟順乾坤之位；而人人有孝悌，俾先孝悌之知。況此上判斷鰲之極，下安慕蟻之思。高卑之位，爲萬世以制禮；長幼之倫，由九疇而叙彝。吾惟性所性以接此，彼自安其安而得其。奥且廣焉，《傳》載稽於仲郢；兼而兩也，《易》乃係於宣尼。蓋謂水惟修則平土居之，春既正則厥民析矣。下之平也，老老長長；政曰善哉，父父子子。聖乃因彼固有，安乎汝止；妙氣形識之統，混以兼統。立天地人之紀，以之爲紀，非人力强以致焉，亦天理所當如是。不見意之同，心之得，虞舜光施；德則合，民則懷，文王率俾。然嘗謂一而二，二而三，一之妙無迹；極生兩，兩生四，極之真默傳。三才兼而由性順此，四海遠而惟心邇焉。山川雲雨，不出清明之氣；臣民家國，勿離仁智之天。雖行於不擾，俾事物之理也；及欽而蜜藏[二]，泯識知於寂然。更令入以精神，妙屈伸於龍蠖；察於上下，自飛躍於魚鳶。乃若振杏壇之四教，日月民心；揚木鐸於四方，塤篪道氣。删詩定禮，名教宗主；律時襲土，乾坤經緯。吁！明王不出於海内，而三才之道屬夫子焉。此率性之謂，修道之謂。

〔一〕蜜，似當作「密」。

聖人抱誠明之正性

盱江黄義夫

伊性之正，惟誠則明。本上聖之素抱，異常人之習成。妙獨智以有臨，心源瑩徹；懷一真之不昧，天禀純精。聖人二五與合，太極融融，毫釐不雜；靈襟皜皜，與生而俱。若此至粹，退藏於密，非由力保。且誠而明謂之性，至矣何私；維天之命存於心，斯其曰抱。光以履位，淵而冠倫。躬兩儀大造之異禀，脉五帝三王之本真。妙《中庸》不息，胸襟之監常静；存大《易》無妄，已分之蓍甚神。我所謂性力，非以一人。不勉不思，匪賢者操持之比；則形則著，皆天然賦予之純。抱者何？體胖不欺，知至機融；室闇無愧，神潛境净。乾坤胸次之高厚，日月襟期之暉映。情不決兮，自無失指之失；和默保兮，妙得流形之正。不以人爲，純乎天命。達浩浩於經綸之地，精藴可知；欽昭昭於悠久之天，私邪悉屏。言之曰無一息之妄，斯心境之自徹；致纖毫之力，非聖人之所爲。况光岳精英，毓作殊常之質；則氣象渾涵，常如無極之時。今此即實心而融我實見，妙至理而發吾至知，誠則明矣，可謂粹矣。抱者性之，曾何守之？非必服膺，則動述戴生之語；毋煩執善，不思形韓子之辭。蓋是性也，愚者障其誠，《豐》蔀斗以何知；私者鑿其誠，《井》觀天而莫竟。亦豈無進此以有覺，又不過復焉而持敬。幸此間氣鍾于上聖，飭五常之天，昭若智燭；包一書之易，潔夫心鏡。兹純然渾蓄之粹，無所謂修爲之病。精由微著，姚虞悉所守之勞；純以顯言，文后播聿懷之詠。抑又聞必謹其獨者聖之學，莫見乎隱者心之誠。宦官女子，性易溺於所習；闇室屋漏，性安知其不情？要使襟内太虛纖翳無礙，胸中真境一塵不生。雖不假持循之力，亦當防偏倚之萌。將令被褐以懷，輝含玉潤；抑使尸居而默，顯甚雷聲。又當知卷之藏一心，固誠學之純；放之彌六合，乃明通之盛。察鳶魚飛躍，保育萬類；同兄弟顛連，包容百姓。蓋明則動，動則變，變則化，而後爲天下之至誠。故曰惟至誠能盡其性。

聖人根中庸之正德

國學林友龍

性具天德，美該聖人。根此《中庸》之正，原於資禀之純；足以有《臨》，先得同然之善。究其自本，獨全至矣之真。蓋聞人均至善，《易》汩人心；天生上智，獨該天理。凡粹然一德之妙，皆極彼鮮能之美。且《中庸》之德，謂之正性固有之，無毫釐之僞雜其間，聖能根此。誠以拔萃自出，向離獨尊。芟除人慾之私僞，涵養性初之本原。融止善之天，非由擇以固執；造自誠之境，不待閑而後存。衆理具足，何者非正？一毫無假，乃其自根。禀有容有執之資，淵淵浩浩；全不易不偏之善，本本元元。是根也，無心茅之塞，何用鏤心？無性柳之戕，奚勞率性？渾然天理之妙，屏爾人爲之病。養《蒙》之果，時叶《蒙》象；固《乾》之幹，信符《坤》行。蓋不中不庸，豈謂正德？惟異衆異賢，斯爲上聖。生而知也，粹精得天縱之能；本其至乎，篤實極日新之盛。大抵理與生俱生，均具天然之粹；聖能性其性，不參人者之私。况瞬養息存，得實地渾涵之素；而理明仁熟，乃善端呈露之時。惟聰明睿智之爲至，實廣大精微之所基。發而中節，即未發之喜怒；敷而爲極，本末敷之訓彝。自本自根，有此德也。非身非假，純乎性之。相適以之純祇，本文王之克；諒率而有大精，原虞舜之惟。蓋始者根仁根義，均此善心；根陰根陽，渾然太極。其奈邪妄汩其正，易蔽資稟；好樂戕其正，浸虧物則。小人反《中庸》，每每自梏；君子依《中庸》，拘拘務植。惟聖維乎天，不雜乎人，故性具此理，實根此德。虚焉是溺，異蒙莊若槁之心；奥僅能知，小孟子其性之色。況聖也，璪旒天廣於睿聽，翠幄日親於鉅儒。覩中庸之鑑，佩此正訓；入中庸之道，遵乎正途。所以暢則有德林之茂，發而爲德藻之敷。雖渾融所性，聖者事也；而培埴此根，學之力乎。是則仁自此成，仁隨充於有實；行由兹顯，行亦見於爲株。又當知以此性根此德，不梏於私；出乎身加乎民，共由具正。叙彝而後，孰不有守；建極以還，疇非順慶。然則聖人根中庸之正德，又將使天下皆爲中庸之民爾。德徧爲於百姓。

聖人根中庸之正德

三山余汝舟

天德之正，聖人所存。凝造化以妙合，有《中庸》之素根。道得不思，具此生知之藴；行該爲至，粹然自出之原。聖人具最秀之秀於有初，自與生俱生而先得。本體胚腪，有大藴蓄；善端萌蘖，不勞培植。至精至粹，實鍾爲資稟之純；自本自根，莫正者中庸之德。出類拔萃，繼天冠倫。一塵不芥於真境，萬善皆叢於此身。胸中太極，受不盡之生意；性而至誠，涵自然之本真。信知德其德以自我，所謂天其天而不人。非或利而行，或勉而行，由生以禀；即不易之謂，不偏之謂，均具其純。是德也心不必鏤，曾無刻楮之勞；善非待擇，自去揠苗之病。見自睟面，歸非復命。謹《乾》之言，因以幹事；亨《蒙》之時，養於果行。非栽之培之以爲功，由性焉安焉之謂聖。獨備生而知之粹，實異常倫；兩無過不及之偏，自存謙柄。乃今知德非身外物，所禀至粹；聖具性中天，其生有殊。况萬善萌芽，已具精英之秀；苟一毫矯揉，殆將潢潦之無。禀德性者，豈人力乎？道云允執，植作道本；行曰有常，發爲行株。何聖焉於正以不失；是德也自生而已俱。所謂茂昭，道自商湯之立；不勞滋植，彝知周武之敷。吾故曰二氣五行，均此自然；萬殊一本，初無異者。何小人反中庸，或至於戕杞；何君子依中庸，尚資於養檟？得非賢特異衆，愚甘爲下，惟聖獨能根之，有本固如是也？想有於秩禮，寧易葉以後知；諒立自修身，豈芸田之或舍。又嘗論挺然異於人，固具陰陽之秀；有以養其天，猶加雨露之滋。故聖也墾闢情田之耕耨，發敷經訓之菑畬。觀因材等言，則栽者培矣；誦執柯數章，則睨而伐之。此又以誠意正心之學，而爲吾養根俟實之基。如節中以和其至，得道端之造；若物言其發之純，稱天命之惟。聞之師曰：陰根陽，陽根陰，同出一機；聖與賢，賢與聖，本無二性。必擇如顔子，則體具顔子；苟執若鄒孟，則材稱鄒孟。是知安行之與利行者雖異，而其歸根也則同，粹然一出於正。

聖人抱誠明根中庸

三山陳晞傳

神聖素抱，誠明内存。包體用於未發，此中庸之已根。躬禀實聰，斯合静虚之性；生全正德，大爲培養之原。蓋聞身外無餘理，本本素存；聖心一太極，生生不息。自厥初得所命以禀受，而此道已於斯而培植。誠明皆固有，純乎天不雜乎人。《中庸》不可能抱此性，始根此德。蓋聖也，間氣鍾毓，一初混成。包含乎天地全體，融會乎陰陽五行。心境無塵，神集虛室；性天不翳，氣涵太清。胸中大造，恢有餘地；天下萬善，根於至誠。先得所同然，瀅若不膠而不擾；其可謂至矣，由茲資始以資生。豈非二五俱凝，乃一元長育之基；沖漠無朕，實衆善萌芽之始。中具至粹，外非實理。存若純乾，畜爲謹行之善；哲如《洪範》，敷作無偏之美。生成此德，有本者存。負抱之初，已根乎此。出其類，拔其萃，始者渾然；動生陽，靜生陰，能之鮮矣。大抵理與生俱生，合萬變於一體；聖獨秀其秀，散一真於萬殊。蓋上天所命，本至正大公之妙；如寸念未實，豈淫朋比德之無？所以上智異夫下愚。性乎用守，無性柳之戕賊；心不待揉，豈心茅之或蕪。茲聖真純粹之天也，乃善行滋萌之地乎。舜盛其忠，精一奚勞於允執；武端乎信，訓彝何暇於言敷。思昔負陰抱陽，均融二氣之精；戴仁抱義，皆得五常之正。意胚胎同此實地，則發見無非粹行。奈何智者人其天肆其刻楮之巧；愚者情其性賊以揠苗之病。非聖人求異於衆人，蓋此性不離乎正性。既合而有體，剛柔可貫於乾坤；毋睨以伐柯，忠恕已生於性命。又當知天之降衷，均具於一本；賢者希聖，當防其七情。故齋心如顏子，忘禮忘義；盡性若子思，則形則明。一則擇中庸而具是體以不遠，一則作中庸而戒其材之覆傾。使千萬世宗盟推曰亞聖；亦二君子力學造於至精。若曰謬愆身，陋莊周之槁；既全剛大性，宜孟子之萌。然而民吾同胞，因私習以梏亡；天生上聖，覺群心之淵浩。必也寂感一機，順此性於神易；正直數語，會天人於王道。然則爲天地立心，爲生民立極，皆不離乎德性之中，俾亦各全其負抱。

聖人抱誠明根中庸

三山陳堯章

神聖獨抱，誠明兩全。挺姿稟以特異，根《中庸》於自然。得以不思，蘊自初而謂性；充之有本，發爲德以皆天。夫惟經綸心上之真筌，發越胸中之太極。惟則形則著，有大涵養；故不偏不易，由兹培植。誠明聖所至，純乎天不雜乎人；中庸民鮮能，抱此性必根此德。時其教闡神道，化恢大猷，包括性初之工宰，胚胎心學之源流。如止水不波，萬境俱澈；如太虛無翳，一塵不留。有體有用，洞洞無累；自本自根，生生有由。全寬柔温裕之資，心存至正；發廣大精微之用，道豈它求。想其欽龜疇之哲而芟彼黨偏，閑羲《易》之邪而萌夫言行。但存培養之力，自有榮華之盛。性何待率而戕無性柳之賊；心不必鏤，而塞去心茅之病。凡栽培何者，以非德見保抱實，原於所性。德崇業廣，素存乎理徹境融；本立道生，親得乎心傳面命。請言夫善根發露，本諸性分之素抱；天理混融，萃在聖人之一身。何弸中彪外，合體用之異致；猶自枝及幹，同陽和之一春。聖所謂性，天而不人。秉繼天之靈，而敷暢天德；懷盡性之能，而發萌性真。所抱皆正，其生有因。若曰爲能，請考戴生之述；如云無過，載稽韓愈之陳。彼有自明而誠，賢者所爲；不明乎誠，小人自處。是故中庸僅能擇柯，執此以徒泥；中庸不知守木，伐之而失所。兹聖異乎賢，不肖奚辨；必和積於中，精英可咀。愛如合抱之桐，刻戒無根之楮。想存而德博，充爲言行之常；諒建以哲推，敷作訓彝之叙。今我皇聖學留意，經筵鋭情。寫《中庸》一篇，洒洒宸翰；講《中庸》數語，琅琅玉聲。亦曰誠毋自欺，參太學之旨趣；明以用晦，探《易》書之粹精。伊君德養成，學有餘力；見中道植立，正由此生。是則萬物育焉，蓋本宣尼之不惑；兩端執此，亦原虞舜之安行。愚嘗即顏子之論以詳推，以孔伋之言而訂正。何《中庸》言性，誠妙贊化；何《中庸》載德，明稱爲聖。及其至也，德即性，性即德，何所抱，亦何所報，了然心鏡。

聖人抱正性根正德

三山鄭德淵

聖所謂性，天而不人。躬抱自然之正，德根固有之純。淵默何爲？蘊此誠明之實；本原自出，粹然物則之真。聞之胸中太極，該貫一真；吾身實地，渾涵百行。由胚胎純粹，獨妙所蘊，故英華發見，蔑加其盛。且性均此德，有於初難保於初；惟聖異乎人，抱其政乃根其正。觀其大以能化，得於不思。蘊造化妙凝之氣，如胚腪未鑿之時。蛇伸蠖屈，藏物外之萬變；魚躍鳶飛，具誠中之兩儀。惟方寸之地，洞洞無撓；此中正之德，生生有基。聰明睿智以有臨，生而静矣；篤實輝光之所發，行本安而。豈非受中于初，已萌蘖於《中庸》；有物之始，實胚腪於物則。毋煩擇善以操守，不待以人而培埴。乾幹非自固保於乾命之粹，坤支豈偶暢發自坤元之直。則知身外無物，性中有德。至誠又盡，蘊則形則著之天；生禀所鍾，爲無比無淫之極。吾故曰德非性外物，本身得於生禀。聖與人同體，特此全而彼虧。彼性曰修性，尤假操修之力；而德云植德，又幾滋殖之爲。惟此智燭獨炳，心淵内夷。杞柳不戕，何待邁種；桐梓既養，奚勞務滋。曰抱者何，全則在己；以根而論，本諸秉彝。首謂誠而注考鄭公之語；歸其源也書稽李氏之辭。至如孝曰根也，德爲至孝之基。仁謂根也，德乃行仁之政。然而仁本常性，包涵固有之稟賦。孝爲天性，藴蓄本然之愛敬。信抱之根之，蓋亦同源；既始是終是，莫如至聖。想善爲易簡，得於素稟之降衷。諒則以威儀，亦我有生之定命。而況乾坤真氣之秀毓，河岳英標之粹存。性得以養，性因以尊。然且明德片辭，參稽《大學》之成訓；達德等語，佩服《中庸》之格言。雖性之有德，固奚假於學力。然學以進德，尤養成於性根。何異夫心藴成王，萊杞著遐音之茂；善稱堯帝，茅茨彰克儉之温。雖然性宫洞徹，則衆善由生。天君不撓，則外邪悉屏。必也知德之奧，湛若靈府；含德之光，昭然心鏡。故必有正心之學，而後可以抱正性而根正德焉。夫豈徇人爲之病。

聖人順性命以立道

興化林孺震

氣散乎極，聖全是彝。性與命以順也，道以身而立之。夙全超古之資，因其稟受；懋建統元之理，賴以扶持。聖人後太極而全太極之功，先群心而得群心之理。非稟賦之初，因以無咈；何扶植其間，秩然有紀。曰性曰命而曰道，蓋本同然；立天立地以立人，順斯可以。時其出《震》主器，繼《離》面南。彌綸元化之功大，貫徹真機於内涵。窮大《易》之理，而理與心契；率《中庸》之誠，而誠無物參。非順其當順，道出於一；何立之斯立，用能貫三。當位居龍德之中，因其各正；自氣判鴻濛之後，建以何慙。

蓋曰陰陽動静，即二實之流行；仁義剛柔，本五常之負抱。貫通乎此理一脉，培植乎生民大造。成而惟后，全吾輔相之大；建以自皇，錫汝猷爲之保。惟聖明所立，初匪容私；見性命之外，斷無餘道。位也獨尊於九五，付予獨全；理焉昭揭於兼三，經常可考。請言夫窮理以至命，命非性之外物；離身以求道，道與身而兩岐。況天爲氣，地爲質，乃造化之定則；而仁主愛，義主敬，亦賢愚之共知。聖也進善念於樂天之日，滅私情於盡己之時。公覆載之心，親上親下；正長幼之序，有尊有卑。可與言也，初非强而。中曰以形，釋載稽於康伯；理陳將以，説更考於宣尼。蓋始者命凝乎二氣，而陰吸陽嘘；性具乎五行，而火炎水潤。義定於命，而命本中受；仁根於性，而性惟正順。信自幽而顯，同一機括；故此順彼立，有如符印。所以八風平，八紘一，純德自文；五典叙，五教明，體仁由舜。思昔鰲極未斷，而至理猶隱；馬圖既負，而真機始開。一健一順，而《乾》闢《坤》闔；一消一長，而《否》傾《泰》來。性云成性，善本可繼；命曰致命，理無不該。此千百年立道，其本屹若；皆二三聖作經，有功大哉。知以不憂，化允同於成物；大而悉備，數亦見於兼才。抑又聞一身備萬善，是理渾涵；萬殊歸一本，有機出入。陽主乎剛，蓋本同出；陰屬乎柔，初無兩立。吾故曰聖與三才非二致，道與性命非二物焉。於講論而當及。

聖人紀綱正天下定

建安陳癸發

教立上聖，躬臨普天。正紀綱而定也，安名分之當然。仰惟實睿之君，繩乎張理；遍及寰區之俗，晏若生全。聞之古今不可無世道之防，分義自有安人心之理。非上能設教，小犬不紊；恐民各越常，乖争必起。聖臨斯世，敬莫大於君親；志定敷天，正蓋先於綱紀。睿智間出，聰明夙資。躬任彝倫之寄，行爲當世之師。詔王以馭，繩繩八統之兼舉；事親爲大，秩秩九經之具垂。聖握其機，所以正也；人知乎理，自然定之。運乃武運乃文目張于上；莫非臣莫非土枕奠於斯。想其帝堯舉大族乃睦親，成后能爲官斯董正。井井一理，安安百姓。父子懷其生，曾無紛擾之患；君臣守厥位，寧有僭陵之病。使夫人安禮義之中，蓋斯道實綱維於聖。群倫卓冠，整爲張爲理之方；萬國咸寧，盡事上事親之行。吾故曰理有不容紊者，由聖明之力；世所以相安者，知分守之常。民何以興，經本能正；國何以滅，維先不張。惟聖任君師之貴，俾人知愛敬之方。孝經於家，而孝盡事父；禮繩於國，而禮嚴見王。定非求定於上下，安所當安之紀綱。若曰以爲記，考戴生之述；如云不失注，稽鄭氏之詳。胡不觀分存於纓請，而鼎重周邦；孝寓於弦歌，而物和舜野。湯惟修此，民瞻商邑之極；禹但爲之，侯會塗山之下。使不綱不紀，烏得正諸；則孰君孰親，終無定者。倘匪維張於禮義，齊則傾乎；但今經立於法程，漢已安也。彼有紀綱大基者，未免争功之習；紀綱永命者，或貽慙德之愆。舞佾僭禮，綱且蕩於王室；借鋤德色，紀謾陳於少年。堪嗟世變至此極矣，安得天下定于一焉。必有聖君之作，乃知人道之先。不惟察彼安危，慮薪積火然之勢；豈止施于號令，神風飛雷厲之權。矧一令綱爲於上，令自君行；紀修于下，志由民定。自然無取帚之風，忍及父母；無皆厥之習，至形朝廷。斯時也，紀綱既正，將爲生民立命，爲萬世開太平，孰不一新於觀聽。

聖人紀綱正天下定

三山劉澤民

天下望治，聖人總權。正紀綱而自定，知體統之當先；稟獨智以端臨，張其小大。俾寰區之底，又晏若安全。切原人心無檢束，難使之安；治道有統要，不張則弛。惟條目繩繩，罔不整飭；故邇遐晏晏，同躋寧敉。且民烏乎定，非聖人他有規模；意本正於先，俾天下各循綱紀。觀夫性稟睿哲，德全發強。禮維樂統之具舉，刑綱政條之畢張。夏王穆穆，昭夏憲度；周后勉勉，秩周典章。何修明治具，庸示繩檢，以繫屬民心，有關紀綱。明以冠群，萬化悉歸於張理；治之于一，四方坐底於安康。想其尊卑之經立，而臣盡敬君；內外之統明，而夷無猾夏。治舉于上，人安乎下。是宜父詔子，兄詔弟，和藹家室；耕遜畔，行遜路，俗陶田野。非隄防品節，自我正焉；恐乖争陵犯，何時定也。惟資淵懿，井乎其有條乎；民俗安寧，遠者何殊近者。請言夫致治在乎君，何治不立；齊民有其具，安民所基。匹夫非亂秦，秦實自漏；諸鎮豈服唐，唐能永持。我得不扶植百王之治統，脩明萬代之民彝。義維一舉[二]，相敬相遜；禮經一秩，有尊有卑。俾民物自今而一定，見紀綱與世以相維。記請考於戴生，德云和此，注更稽於鄭氏，音謂言而。況是時肆請纓之僭者，侯服恃强；邀賂繒之利者，夷方逆命。赤子亂繩，紛争之俗或有；孽妾履絲，侈靡之風猶盛。嘆人人越分守，未易遽治；則事事有紀綱，詎容不正。惟能振舉於萬化，自可乂安於百姓。想舉如堯帝，邦果見於叶和；諒修若成湯，政靡聞於絿競。嘗論夫漢紀紛而炎漢中否，周綱蕩而東周已遷。何思見官儀，三輔晏若；何共尊王室，諸侯帖然。得非仁得天下，綿絡三十世；義統天下，維持四百年。信紀綱特抑末耳，而德澤又其本焉。是則萬國繩聯，地闢神州赤縣；百蠻索引，有來桂海冰天。抑又聞經正則民興，有不紊之綱維；身齊而國治，當率先於朝廷。今也詔傳萬里，則謹吾如綍之詔；聽合四海，則端我猶繩之聽。此聖人又以一身之紀綱，而惟爲天下之紀綱，内外自闐於安定。

［一］維，原譌「雜」，據文意正之。

聖人紀綱正天下定

三山林允元

天下命脉，聖人紀綱。上一正以乃定分，相安於有常。經諸範以維持，秩然條理；措群方於平治，截若隄防。蓋聞君師之職，世教攸關；分義之天，人心所止。常經秩秩，既有其序；舉世安安，無踰此理。生而群者，非聖人何以檢防；正則定焉，使天下一於綱紀。倫自我盡，法由我垂。爲地義天經之宗主，於人情世變以維持。軍國體統，庭大邊細；君臣等級，堂尊陛卑。開闢以來，有以存耳；整齊而後，夫誰越之。予惟精德立中，扶持不及爾。自望風成俗，寧一如斯。兹蓋《中庸》九經，等别臣民；春秋一統，分存夷夏。有主張是，無陵犯者。人安人之道，外不得以踰内；民順民之志，上豈容於陵下。苟人心無以律之，則天下烏乎定也。人倫至矣，統必有宗，會必有元；海内化之，强無暴弱，衆無暴寡。大抵君示人以分，是乃相安之地；民有欲則争，特其未定之天。衛纓不請，陪臣之僭動矣；漢維一制，捍將之譁帖然。

予一人管此繼要，爾四海歸吾帶聯。使士卒畏主師，兵紀森若；使王公臣皂隸，朝綱肅焉。於此絶陵犯乖争之習，以其有維持限制之權。若曰作爲，紀考戴生之語；如云善計，又稽韓愈之篇。蓋聖人設賞罰之繩，以銷兵卒之悍驕；張廉耻之維，以障士大夫之奔競。臺綱清肅，小人畏君子之黨；國紀赫張，天子制外夷之命。彼雜然天下之風俗，終定以聖人之中正。成湯修此式，隨見於九圍；堯帝舉之平，豈惟於百姓。噫！人居戴履，惟分難越；國有綱維，即家可推。索《震》之男，加以《蒙》養；係《壯》之女，絶其《觀》窺。毋曲沃編衣，臯落將戰；毋阿房暮絃，山東已離。雖明分固有係人心之道，然正家又爲定天下之基。家早下於純《坤》，戰何疑也；室咸宜於《大學》，止乃知而。毋曰經生出位，烏可議於縉紳；小臣越職，不當言於朝廷。蓋舉幡闕下，可以伸多士之氣；裂度庭中，可以回九天之聽。是則扶今日之紀綱者，正當續公論於一脉如綫之時。國是定則天下定。

聖人輔天地準陰陽

饒州程式

聖妙贊化，氣惟叶時。輔天地以孰是，準陰陽而見之。雖居覆載之間，若何而相；但揆推移之序，俾中其宜。切原二儀肇二氣之運行，大造資大君而統理。非來往之間，能揆厥序；恐參贊之任，有慚諸己。天地所分者，闔以陰而變以陽；聖明其知之，準乎彼即輔乎此。聖也敬則躋日，聰惟繼天。自開闢高卑之後，握扶持造化之權。然而定未定之時，定非在於成歲；平不平之土，平豈專於濬川。必其準二氣以秩若，始見輔元工之自然。欲竭我力焉，仰不愧，俯不怍；在揆斯序也，夏無伏，冬無愆。豈非贊《乾》之化，在乎《乾》健之宜；扶《坤》之元，當揆《坤》柔之次。舒慘有則，財成無愧。所以律叶八風，節叶十兩，衡齊七政，柄齊四季。非陽得其理，陰得其道，恐上慚乎天，下慚乎地。雖本因爲以盡翼之，使得之誠；必叙俾秩然有揆以，取平之義。言夫氣行隱顯恂，豈自舛以自順；聖任範圍責，賴是綱而是維。非春而生。秋而殺，揆度中節；是員者動，方者静，扶持賴誰。信欲盡大《易》相宜之理，要當無《由庚》失道之詩。規矩不踰，候叶《震》《兑》；權衡皆中，序平《坎》《離》。所謂輔者，於斯見其。想元氣能調，何愧平成之黄帝；諒四時必節，奚慚綿絡之包羲。况是時二曜薄蝕，天浸紊於常經；百川未理，地莫平於庶土。此元功幾至不立，賴上聖力爲之主。得不持兹六度六氣使正，立以五則五辰隨撫。亦曰彼陰陽一造化，初非天地之外物；豈天地間工師，勿使陰陽之叶矩。不此致念，豈其爲輔。倘欲誠而贊育，係宜秩於星辰；如將相以叶居，若當調於暘雨。嘗論氣象有少乖，因貴準繩之任；上下苟未奠，尤資扶植之功。必也誠存欽若，時則敬授，患拯懷襄。水無割洪，使地得地之宜；治府治事，使天有天之序。秩西秩東，既心賴我立，功賴我建；豈序難使正，氣難使中。更令三光全，寒暑平，過差蔑有；五紀叶，歲時順，代謝無窮。噫！少陽後嗣，貽則未聞；窮陰小醜，抗衡猶且。不思拓地恢疆，宜斥戎虜；繼天承統，合安宗社。愚請歌『豐水詒謀』、《車攻》復古之詩爲今日規，此又輔相之第一義也。

聖人輔天地恢皇綱

三山王必用

天與地立，道由聖財，非人力以能輔，惟皇綱之是恢。稟獨智以在躬，貴爲甚重；贊兩儀而建極，統所由開。聞之造化無全功，賴吾道以維持；帝王有正統，爲兩間而宗主。欲其盡贊助之一意，可不闡經常於萬古。天地非皇綱不立，孰使之恢；功用待聖人而成，實爲之輔。時也虎變當極，龍飛御天，躬膺大造之付託，道貫三才而斡旋。能事畢矣，曲盡成能之責；化鈞運矣，猶操贊化之權。使綱常有未立者，雖天地亦幾熄焉。淵默無爲，任一世經綸之寄；財成有道，闡百王統紀之傳。意曰萬世有君臣，則乾坤之位不移；一日非仁義，則陰陽之機亦秘。此所以任彌綸贊相之責，示廣大包羅之意。《洪範》五紀，歲時日月之功用；大《易》一經，山澤風雷之定位。使皇綱不泯於今古，見上聖有功於天地。躬全睿哲，默參元化於無窮；功贊高卑，不闡大猷而昭示。大抵聖爲綱常，王自有妙於工宰；道與天地，並實相維於久長。彼日星非無紀，或至失次；晝夜亦有經，豈無亂常。信乎資道統以運用，所以待聖人而主張。天欲其秩，叙典自我；地使之平，建疇者皇。厥功正大，造之有望，是理豈一朝之可亡。使不叙彝倫，功何資於周武；惟肇修人紀，奉無愧於成湯。人徒見南北經東西，緯秩秩以繩聯；日月躔星辰，紀森森而輝映。謂無功固自有於綱理，而妙用亦何資於明聖？豈知禹倫既叙，有必治之水；舜典弗明，無可齊之政。如非獲斯道之助，寧不爲全功之病？想勉如用后，乃形曰緯之言；諒永若唐宗，因奏頓絃之詠。胡不觀天方定位而象數成列，地不受竇而龜書效祥？然而道非自深，必綿絡於八卦；彝不自叙，以範圍於九章。但觀運用不足於造物，乃見經綸有餘於聖王。必握以闡珍，經自漢皇之道；毋歌其曰旦，蕩嗟周后之綱。斷之曰綱維一理，其用不窮；扶植三極，於君有得。今也張而爲維，廉耻之道不泯；垂而爲統，仁義之經常在。然則是綱也，爲天地立心，爲生民立極焉，豈特輔化工之不逮？

聖人輔天地恢皇綱

三山劉必得

聖輔天地，統傳帝王。以一身之大造，恢萬世之皇綱。仰獨智之成能，孰窮妙用；贊兩儀而建極，丕闡經常。蓋聞洪造無全功，責任在君；百王有正統，源流自古。使彝常一理，不有以開廣；則高下兩間，孰爲之宗主？且吾道待聖明而後立，大以爲公；謂皇綱與天地以相維，恢之乃輔。誠以睿智高古，聰明繼天。然念辟上辟下，必有任辟中之責；職覆職載，所宜司職教之權。然非植斯道以不泯，何以成其功之未全？躬負全能，稟實睿實聰之懿；力扶元化，闡大經大法之傳。蓋曰紀非自順，原於修己之初；經曷有常，本自立經而致。正大一理，維持二位。教始於《中庸》，乃全造化之妙；道立於《易》象，始任成能之寄。使元功無或息之機緘，豈人道果無關於天地？位隆《乾》造，綿綿休命之維新；道佐《泰》財，秩秩大猷之不墜。大抵厥初開太極，必有以扶植，是理與化工，相爲於久長。鯀水懷襄，以洪範之斁穌；商物暴殄，亦五常之侮商。以此見立心之責，正有資作極之皇。覆載大功，係於敷我之五典；平成妙用，寓在叙疇之九章。非舉此宏綱，自我工宰；是塊然二氣，烏能主張。既曰能爲，化果弘於成誦；如非舉大，功曷建於陶唐。人徒見南北經東西，緯秩秩以繩聯；日月躔星辰，紀森森而輝映。謂元功固自有綱理，而妙用亦何資於明聖？豈知禹倫既叙，有必治之水；舜典弗明，無可齊之政。如非獲是道之助，寧不爲全功之病。想勉如文后，乃形曰緯之言；諒永若唐宗，因奏頓紘之詠。抑又知寅亮行化，賴爾三公之任；燮調順時，委之一相之才。經備於旦，而法則明矣；典秩於臯，而事其懋哉。雖化工默贊，固有攸屬；非官聯茂建，道何自恢？又豈止文帝立經，果使三光之軌順；光皇系統，肯令九縣之飈回。抑又聞兩儀奠高下，隱顯雖殊；一道在古今，維持有待。今也賓地之綱，總地之紀，提天之綱，穆天之綷，將見是綱也，貫三才爲一經，歷萬世如一日焉。本其有在。

聖人恢皇綱立人極

三山王益卿

治世天啓，皇綱日新。聖恢此以何道，極立之而示人。夙稱獨智之君，張吾正統；先建大中之理，徧爾蒸民。蓋聞邦基國祚，有賴以維持；人心天理，大爲之培植。使是彝是訓，不闡自我；則無統無紀，君何能國。仰惟明聖，恢皇朝莫大之綱；先立規模，示天下常行之極。雖曰統括四海，繩聯八荒，治具我總，國維我張。然念天經地紀，不徒一世以顯設；帝統王業，曷與萬年而久長。當知皇極繫吾國之根本，其它衆目非治朝之紀綱。躬膺鳳曆之半千，天開休緒；首建龜疇之次五，日示群方。豈不以發明道統，聯治統以貫通；掀揭常經，總國經而條理。茲聖君所以扶植，與洪祚相維終始。執舜之一，秩秩舜典；建湯之中，繩繩湯紀。非其中之建立有賴，何所恃而綱維至此。大有執有臨之主，規畫何如；示無偏無黨之公，主張在是。請言夫國家所永賴者，萬世一理；今古不可無者，三綱五常。夏非滅其德，乃夏紀之自滅；秦豈亡吾道，是秦維之欲亡。我是以訓則示帝，位惟建皇。推經緯之功，而經理體統；總條貫之用，而條陳典章。信國焉與中道以並立，是極也豈一朝之可亡。想順則於民，舉始彰於堯帝；諒敷言于下，協益賴於周王。向使太宗非立極，而王道未明；光武不爲極，而人倫幾廢。則何以權綱總攬，四七際之再造；紀綱憑籍，三百年之未艾。由開端立極，終始一意；此創業垂統，維持萬代。植立非輕，規恢有在。不見武皇建此，緒綿於六世之間；高帝敷之，統定於五年之内。自叙疇之主不作，而經國之綱浸頹。紀亂於春秋，而版蕩多矣；統裂於南北，而紛紜甚哉。所幸修極者王通，隋末而後；建極於夫子，東周以來。嗟諸儒任責，亦吾道之一幸；然正統相傳，必聖君而有開。將見自我並受不基，不外大中之建；今王嗣有令緒，庸彰王道之恢。又當知聖朝統緒，固締創之所基；元化功用，賴彌縫其不及。極繩陰陽爲一氣之統，極緯天地中兩間而立。故曰大哉中之爲道，雖造物猶將賴之，豈止措皇綱於寧輯。

聖人恢皇綱立人極

三山戴翼

道散天下，統歸聖人。恢皇綱於治世，立爾極於蒸民。智足以臨，大作維持之要；中由是建，孰非正直之遵。蓋聞天下均此中，奚智與愚；人心無所統，不流則倚。惟闡而在我，先總其要；故建以示民，庶知所止。雖是極無時而顯晦，開必有先；非皇綱自聖以恢弘，立將何以。標準萬世，表儀一堂。躬任民生之宗主，力扶世道之經常。仁義統垂，廉耻維設；父子繩正，君臣紀張。蓋民雖有中，豈自協極；苟綱不先正[一]，誰知向方。治新鳳曆之半千，舉而撮要；用叶龜疇之次五，建以惟皇。得非道統既管，則道協厥中；義維一張，則義遵其直。既有總會，自無反側。錫厥周民，均是于訓；建諸堯世，同然順則。使綱之未舉，而徒爾立中；是皇之弗建，而咎其不極。張吾治具，有定紀有大經；示爾民彝，無淫朋無比德。大抵厥初開天理，雖有物以有則；其間非聖人，果孰維而孰綱。謂民雖均訓彝，民不自以植立；而世苟無統紀，世孰爲之範防。聖所以天經既秩，人紀亦叙，禮統已明，政繩復彰，自然綱舉則極立，未有本隳而末詳。何用以執端，舉由傳於大舜；建而制事，修實肇於成湯。思昔太極肇分，混沌其形，皇極未建，顓蒙爾性。聖人夫尊婦卑，必務經立；夷外夏内，首明統正？蓋是綱實宗主於民物，而其用賴開明於神聖。苟曰經曰紀，弗立大要；則不恊不羅，能無詖行？所以荀子兼準繩之論，治自此昭；倪寬總條貫而言，順成其慶。切歎夫文武而降，春秋以來，皇王之正統莫接，天地之大經孰恢。蕩然無綱，周緒如綫；漏矣不綱，秦經已灰。苟非紀自唐永，統由漢開，則皇綱自此絶矣，而民極將奚賴哉？又安得創以敷皇，隨底民心之順，立而撥亂，見稱上聖之材？又當知君身關萬化之機，風教係四方之習。内明婦綱，則宫闈莫重於正始；外肅朝綱，則堂陛豈容於亡級。然則皇綱必先正於上，而後民極敷於下焉。立之斯立。

［一］綱，原作「綱」，疑爲「綱」之譌，今正之。

聖人原天地而達理

三山薛福公

物具太極，心潛聖人。原天地以達理，貫機緘而以神。睿哲夙全，本彼無私之化；昭融罔間，渾然先得之真。蓋聞一物具一則，肇自氣初；大君有大造，本從心起。探其自出，徹上徹下；無所不通，知終知始。聖人作矣，位天地之間以爲徒；善性洞然，自本原之中而達理。觀夫濬哲高古，聰明繼天，惟一念運經綸之化，爲兩間贊生育之權。道明其大，本虛静於性内；《易》探其始，惟剛柔於畫前。囿形之間，皆是物也；由原而達，無非理焉。仰觀於俯觀於元元洪造，始條者終條者洞洞真筌。茲蓋元始於乾，得自乾爲；美發於坤，通由坤至。塵慮消釋，性真純粹。自君臣至朋友，坦然行道之五；曰仁義與禮智，沛若始泉之四。何貫通萬物，所達皆理，蓋脉絡一心，其原有地。惟智足有臨也，爲本是先；得我之所同然，何私可累。請言夫君爲民物主，固何事之不備；理在宇宙間，必推原而後知。況五殊二實，乃太極已開之象；而九疇大法，正《洛書》攸叙之彝。惟聖也推明天下之一本，融貫性中之兩儀。觀鴻鴈至情，兄弟義著；目螻蟻定序，君臣禮基。有所謂至，至終終之妙；得之於淵，淵浩浩之時。宣尼陳倚數之辭，窮云至以；莊子述不言之語，美曰成而。昔者《易》在先天，時更數聖，《豫》未陳順動之象，《益》未著施生之令。重門何所取，謹飭武事；斷木何所因，修明農政。亦曰豫者備之理，備缺則國弱；益者利之理，利虧而民病。非因事物外以求達，皆本天地間而取正。想順由俯仰，繫辭必述於反終；諒明自静虛，作樂實先於本性。且以贊天地兮，孔伋中庸之訓；包天地兮，軻書仁義之言。用能智聰躬備於達德，爵齒首推於達尊。始其條理，金玉是取；察以文理，淵源所存。觀物即性，性即理，有待真識；亦賢希聖，聖希天，相傳太原。切鄙夫刻楮三年，秖奪化工之巧；揠苗終日，徒勞人力之煩。又當知典未勑於舜，麓豈弗迷；禮既宜於成，風何爲拔。湯紀一修，禱應桑野；宣善一行，變銷旱魃。以是知天地之所以能自立者，皆有賴於聖人達理之功，況於物而非達。

聖人原天地達物理

三山陳國器

天地肇極，聖明立人。達此理於萬物，會其原於一真。躬獨智以存誠，妙於索至；本兩儀而盡性，大以通倫。聖人一誠之徹，萬境之融，萬有所形，一元所始。俯仰其間，求道之本；出入此機，歸吾所視。究其原之始，潛而地亦潛而天。達者誠之通，求諸物但求諸理。觀其淵懿生禀，濬聰夙存。自二氣既奠分之後，非三才互別立之根。念五殊二實，妙該太極之全體；而千變萬化，不出神心之混元。包有於無，何者非拘；要終驗始，是之謂原。足以有《臨》，詣誠内淵深之奥；心猶反《復》，徹道中長養之門。豈非仰觀俯觀，觀蛇伸蠖屈之誠；上察下察，察魚躍鳶飛之性。身探此藴，心爲之鏡。參《乾》流形，得體《乾》易；合《坤》資生，通符《坤》正。渾淪之始，此外無物；該貫者誰，其間有聖。大矣不知謂之化，誠極則明；推而皆可見之情，至窮乎命。吾故曰道在物之先，有不物之爲物。聖與理者游，自先知而致知。方函三爲一，元元本本者如是；及散一於三，化化生生之所基。聖也索群象於形有形無之始，探真機於蓋高蓋厚之時。故分布爲水火，性内燥濕；翕散爲風雷，胸中發施。欽則吾身，達則萬境。小非一物，大非兩儀。語請考於蒙莊，知云美矣；彖詳稽於孔聖，見述觀而。蓋聖人理涵二五，天地參諸身；理根動静，天地吾其帥。日月光昭，軒豁心鏡；淵泉時出，渾涵性地。開闢以來，何物非我。推明其用，反身皆備。是則性之順也，爻符羲《易》之通；文以察之，育並《中庸》之位。識者猶曰《崇丘》詠其高，不若詠《蓼蕭》之澤；《魚麗》歌其盛，何如歌《麟趾》之篇。今也總理萬機，儲嗣責矣。疆理四方，民居蕩然。必天潢毓秀，位畚正於主器；必地利敏植，令戒行於括田。謂冥冥屬望，其尚鑒此；亦親親仁民，及於物焉。豈止夫木石與居，舜帝詣若虚之境；昆蟲同樂，文王安不識之天。其有天寶之主，卒惑愛於珍禽；地節之君，反售欺於飛鶡。是皆理以智勝，理爲欲奪之人也；物交物而引之，何所原又何所達。

聖人久其道而化成

三山黄子逽

《易》以心會，聖惟力行。其體道之日久，而感人之化成，爲標準於無窮，常持正理；及陶鈞之既就，隨變群情。聖人妙一心之理以經綸，體大《易》之常而持守。始終此念，不至間斷；薰陶爾俗，皆歸醇厚。且道外本無餘化，非可速成；惟胸中不替純誠，故能持久。觀其躬稟睿哲，志存發强，一念不轉移於雜伯，此心惟終始以行王。如天之峻而天運無息，猶日之中而日行有常。兹《易》體於心，確守一道；想化被乎人，陶成四方。九重推觀設之神，謀非淺近；萬國歸乾元之變，効自昭彰。想其治非驟治，紀必三移；明豈遽明，變凡九至。毋計速効，但堅初意。是宜山東一思，老亦扶杖；天下一陶，人皆有器。凡爾民從化，比比皆然；亦是心與道，常常不離。睿主守大原之正，何日而忘？群生歸善教之中，知風之自。嘗謂道化及民，固無近效之可喜，人主體《易》，但守初心而不移。蓋惟常則久，久乃能變，非以漸而成，成焉亦虧。此聖經設教然爾，而君上感人以之。仁義未四年，效不足計；禮樂必百載，興斯可期。皆此心此道相與不息，豈一朝一夕所能遽爲。文王積世以相傳，教之風也。舜帝歷年而允執，變若時而。抑嘗觀周去殷幾世，民尚殷頑；漢繼秦數傳，風猶秦詐。既難移舊染之污，若可税半途之駕。迨夫四十年忠厚，在在成化；六十載清静，人人昭化。昔吾猶未革，特積累之尚淺；今心既體常，自感孚之不暇。是則質如可尚，豈宜朝質以暮文？王所當行，烏可始王而終霸。考之《易》，化成乎文，成亦有《賁》；化成以麗，成兼取《離》。既皆明是理以爲教，何獨體於常而使宜？要知《離》日繼明，即久照之一意；《賁》云永正，亦久中之片辭。以它卦互觀，同此道也。苟是心少變，若何化其切異？夫政聞五月之間，報之何疾？變自朞年之内，尚以爲遲。又當知舒徐以計效，效固足期；玩愒以求治，治終莫保。彼宣皇歷載，何謂猶闕；而文宗十年，曷云太早。此皆有常久之歲月，無常親之規模。而借九成之説以自文，悠悠者最爲害道。

聖人久於道而化成

盱江李叔虎

聖久於道，心存者誠。人均覺於固有，化不期而自成。睿智以臨，理常由於正大；甄陶所就，教益底於休明。嘗原人均是性，無自覺之真機；君運此誠，有不言之大造。純乎一理，所守弗變。達彼群心，其和可保。久非徒久，見聖化深入于人；成不獨成，與天下共由此道。觀其睿智高世，聰明冠倫。正統接古初之授受，至誠自心上之經綸。率《中庸》之性，而悠久無息；設大《易》之教，而變通盡神。於此闡道中之用，夫誰爲化外之人。祖乾龍行健之剛，躬常適正；新觀象有孚之教，民盡還淳。蓋以善惟素進，自遷善於群黎；仁苟未熟，豈道仁於百姓。運吾心不息之妙，覺爾衆同然之性。宜乎處時雍之世，民盡於變；居純被之朝，倫無不正。道久之中，神妙無迹，化成之餘，人皆由聖。美全於上，端由誠運於無疆；民感之深，但見心孚於不令。道雖人所同，必賴開明之力；聖以誠而化，當觀悠久之時。非日漸月漬，漸成以理，恐性近習遠，孰全是彝。惟此神機無一息之間斷，善教因群心而轉移。極自此歸，舉絶朋比，則由是順，泯無識知。久則成矣，化非強而。想文王盡不已之純，禮皆無犯；諒黃帝闡常行之理，民自咸宜。蓋始者陽動陰静，道已流行；精凝妙合，道均付受。奈顓蒙多昧於本性，此啓迪必資於元后。聖乃觀天地常久，而妙矣變物；體日月能久，而昭然發蔀。蓋民非難於感而難於孚，此化不成於速而成於久。當若受而守一，格苗俗於舞干；毋令説以變三，蔽秦風於取帚。試論夫理本同得而性本均善，今非不足而昔非有餘。何唐虞而上，性皆遂於野鹿；何威文而下，習反流於詐徂。得非通而則久，道以神運；假而不久，道非古如。君心誠僞，即此判矣；民風厚薄，從而異於。若聞自漢皇，豈變惑朞年之近；奈行於唐太，反効誇四載之初。或謂《離》曰乃成，特先麗正之明；《賁》言以成，第取觀文之化。豈知道簡而文，中默寓於顯飾；道適乎正，下自消於鄙詐。然則常卦之言久於道者，與二卦相爲發揮焉，説非徒駕。

聖人祖乾綱以流化

建安葉木元

總乾德神潛，聖人祖其綱而同運，流是化以維新。仰止冠倫，上本天行之統；沛而爲教，下皆風動之民。蓋聞《易》經妙用，惟變則通；王政大端，以元爲主。取諸天則，玆實統會；疏厥教源，乃臻洋普。且乾造有宏綱者，在由始而亨；今聖人新大化之流，盍知所祖。觀夫龍位居正，鴻圖紹休。審政教不同之變，明帝王所本之由。以謂《易》存乎蘊，卦莫重於首畫；元乃其統，端宜先於上求。聖其祖此，與物更始；神而化之，自源達流。出以乘時，法彼純剛之總括；推而皷衆，洋乎盛德之翺遊。豈非下期純被，則純參亨也之元；風欲變移，則變體大哉之正。推原始物之端緒，宣布新民之政令。唐堯稽則，教斯廣於漸被；文后重爻，美莫窮於游泳。周流四海，何地非化；總會一機，觀天見聖。以臨以執，體元得統卦之剛；其浩其淵，行道播《汝墳》之詠。乃今知與一世而更新者，聖所運化；爲萬世之資始者，元之統天。念生意無窮，莫非是氣之總攝；矧治源久壅，當體此機而轉旋。我乃起經綸之蘊於心上，探綿絡之端於畫前。道由此變，流乃道海；德自此博，流爲德泉。此原原本本之妙者，有化化生生之道焉。闡若伏羲統類，得所爲之卦；馳如虞舜《係辭》，言蓋取之《乾》。非不知《坤》，謂之維化；亦順乎《離》，爲之綱化。其成以《巽》繩申命，有行事之象；《坎》纏習教，得用時之理。蓋《易》非元化，彼皆泛舉之目；惟《乾》總以元，是乃方亨之始。伊欲流之，必先祖此。想德明所合，演爲治德之和；諒仁體而行，溢作漸仁之美。其有洛邑荒屯，德未開漢；河湟陷没，令誰振唐。幸而旋乾之機，唐憲操領；握乾之符，漢光攬綱。所以慈祥濡浹，九有蒙惠；政教清明，四夷向方。使天下沐同流之化，如元工回一氣之陽。是則舉以清夷，詩載歌於順叙；因而蕩滌，賦兼美於恢疆。又言之，造物無全功，有大彌綸成能，非上聖孰爲憑藉。今也文而治國，文可緯於天地；道以澤民，道乃經於春夏。然則聖之於乾也，不惟祖其綱以流化，而又能流化以維其綱，此所謂範圍之化。

聖人祖乾綱以流化

江西徐桂老

治道開《泰》，聖心即《乾》。祖其綱而流化，達諸用以皆天。明足冠倫，本此純剛之統；妙存鼓衆，洋乎善教之淵。聞之君道經綸，蓋有本存；風教淵源，斷從心始。凡妙用周游無所壅者，皆剛體純全爲之主耳。乾道之外無餘化，一以貫之；聖心之運有大綱，祖而流此。中正光《履》，聰明有《臨》。襟懷之元氣毓粹，德性之陽明勝陰。本仁之統，脉絡長人之念；宗義之維，準繩利物之心。統會于中，天者常運；流行於外，化其益深。神哉用《易》之六陽，體其總要；溥矣洽和於兆姓，發自胸襟。想其神與天同，胸中之天則渾融；道久時成，性内之時行運轉。自大統要，無窮發見。疏爲德雨，德施者溥；浚作道源，道神其變。惟乾乾此心，得所本祖；故化化妙用，因之流衍。心涵龍德，本諸天統之渾全；道被騶虞，混若泉源之周徧。大抵心者，道之精也，體統從出；化者功之溥也，源流可推。方乾性保合，乃德海停涵之日；及乾情發揮，其善淵融液之時。於此見先天之造化，斷不離方寸之綱維。泰和自此游，民樂民氣；美利由此溢，物安物宜。散而爲萬化之流也，歛則自一心而統之。想漸被朔南，取自堯經之舉；諒行乎江漢，重由文紀之爲。蓋聖人至誠能化誠乾之誠；盡性贊化性乾之性。化以德溢，則德體乾善；化由道洽，則道純乾正。兹統宗會元，皆從寸念以運量；故自源徂流，益衍清朝之教令。則知所祖爲綱，綱即爲化；是乾在心，心融在聖。非謂垂衣取此，洋乎順黄紀之休；觀象畫兹，涣若結義繩之政。切意夫光武握乾，綱攬無縱；憲宗旋乾，綱張有餘。何乃化云未洽，漢德意之猶淺；化曰不霑，唐治源之莫疏。得非讖緯動其好，粹精之體何在；利欲屈其志，剛健之誠蕩如。嗟迹若合乾，心不乾矣；縱我欲流化，人誰化歟。徒聞干紀於淮西，下猶未洽；雖使欲經於河北，業曷能居。終之曰道爲治樞紐，功用充周；乾乃天性情，氣形超越。以紀五行，水流濕以潤澤；以統萬類，物流形而生發。然則乾之爲綱也，聖祖之爲心化，天祖之爲氣化焉。見隱顯同流而不竭。

聖人祖乾綱兼三才

興化王持

聖妙乾運，道新泰開。祖其綱於一己，兼所統之三才；智足有臨，本乎剛而獨總；極斯與立，貫是理以咸該。粤自鰲極分而五位中居，龍德運而一機不已。惟本諸剛健，無所弗統；故合彼顯幽，秩然咸理。聖與三才而並位，何道兼之；心無一息以非乾，其綱祖此。觀夫出《震》主器，繼《離》面南，畫前之妙用先得，道内之真機默探。四德統於元而一理常運，六陽純乎健而群陰莫參。惟有得乾綱之大，故能總太極之三。乃神乃武以乃文，剛爲錯綜；辟上辟中而辟下，用實包函。豈非道神其變，則各安立道之常；元足以長，則咸遂爲元之始。彌綸在我以能健，運用有機而默使。是宜曰氣曰形，至於識以亦統；或理或事，合乎文而有紀。非以《乾》總攝，萬有係焉，恐此機間斷，三才熄矣。剛正得爲君之義，統有宗乎；古初自定位以來，一皆得以。大抵一日不容息者，剛健其德；三極分以立者，聖明此身。况吾體吾胞，莫匪道中之形氣；則是維是主，亦惟心上之經綸。今也妙斡先天之藴，健參六畫之純。使三光全，寒暑平，自我合德；使五穀熟，人民育，由吾體仁。豈幽明自叶於常存，皆綱理有功於聖人。何止統天和合，著《易》經之訓；固宜御物化流，稽史策之陳。思昔生民天地初，有極方開；黄帝堯舜氏，肇端自古。曰持綱而綱果安在，曰舉綱而綱何所祖[一]。衣裳一垂，位定上下；宫室方易，人安棟宇。蓋脉絡一《乾》，十三卦之綱領；故植立此極，千萬年之宗主。抑見周王重此，布爲經緯之文；犧氏畫兹，推作佃漁之罟。又况體乾君子，學與時進；御乾大人，德非昔潛。何乃水横流而河尚隄决，雨未施而時猶旱炎。外健内順，非邪正之辨早；陰盛陽微，豈莘夷之分嚴。使自强不息，一念常續；則轉亂爲治，三才復兼。將見合序四時，日紀皆禹疇之叶；咸寧萬國，民繩欣漢化之霑。愚嘗因乾德之流行，參《易》書而訂正。何奠位以還，即理統氣；何取象之際，以天喻聖。蓋乾之爲綱也，聖人得之以兼三才，而天得之以首庶物焉。故曰乾者天之情性。

［一］綱，原譌「絅」，今正之。

聖人祖乾綱兼三才

興化劉文英

聖德乾運，混元復開，祖其綱於一己，兼所統之三才。大以建中，本純剛而悉總；備而立道，參有極以咸該。蓋聞大君宗主，獨立兩間，剛德運行，萬殊一理。非總攝真機，本至健之體；何顯幽異勢，有秩然之紀。且三才之責萃於聖，道曷兼之；蓋六陽之變主乎乾，綱知祖此。濬哲高古，聰明冠倫。五行二氣之妙合，四海九州之望新。德始一元，德中之經緯無迹；道出庶物，道内之彌綸有神。使天下事物，各有定理，亦乾體剛健，運於聖人。德本乎中正粹精，包羅自出；功妙於財成左右，統理惟均。想夫體元爲首，元包氣形識之分，存誠不息，誠盡天地人之性。運一機而我主我宰，爲萬世而立心立命。叶舜之經，六府三事；歸周之紀，五行八政。信純陽之德，能統乎物；而奠極之初，居中者聖。有容有臨而有執，統則必宗；辟上辟下以辟中，品皆各正。吾故曰萬形無不統，惟天下之至健；三極不自立，必聖人而與參。況曰仁曰義，無非是道之脉絡，而親上親下，不外此元之渾涵。惟聖也乘六兮陽德偕極，用九兮神機默探。使寒暑有經，時燠時雨；使析因順序，秩東秩南。健故能統，二而貫三。兩具述於成章，語稽乎孔；化詳言於御物，傳考乎譚。且是時靈紀未軌，而人尚朣朦；彝倫攸斁，而患深水土。向非綱持者，黄道本乾合。綱舉於堯治，惟乾取則。何以緯三辰，調元氣，後太極以主宰；睦九族，叶萬邦，爲兆民之宗主。由二君大造化，運此乾道；使三才再開闢，常如太古。切異夫水旱仍强藩梗，旋奚取於憲宗；關河擾炎正微，總未多於世祖。又况狼煙警而鴻室靡定，鰐潮驚而妖星屢占。此旋轉正觀於運量，豈剛明尚晦於沉潛。可不御六位之陽，大以能化；體四德之元，守之以謙。雖其氣暫變，其理自定；必以道密斡，以身獨兼。如是則馭彼臣民，冢宰實資於分任；敬于上下，朕虞亦賴於惟僉。嘗論之無極而有極，統各有宗；君德與天德，相爲終始。今也德綱我運，混外夷内夏之勢；禮綱我制，辨下澤上天之履。然則是綱也，祖於純乾，散於三才，而歛於一身，非聖人而何以。

聖人兼三才以御物

盱江石祐孫

物遂太極，用該聖人，兼三才而以御，本一理之相因。禀此實聰，洞貫統元之妙；宰夫庶類，各全賦性之真。蓋聞高下洪纖，均是理之流行；聖神參贊，不以私而矯拂。惟統會于中，無隱無顯；故剸裁之下，自伸自屈。兼而一也，萬物之理即三才；因以御之，三才之外無萬物。出《震》主器，繼《離》面南。胸中之大造密運，道内之真機默探。何性云盡性，必通人紀以如一；何德曰合德，猶即陰陽而迭參。蓋道形而上，一散爲萬；此聖御其間，妙惟貫三。淵懿冠倫，消息會謙盈之運；斡旋在我，化光宜坤道之含。兹蓋致中和之位，而並育並行；合乾坤之性，而資生資始。分殊而理則爲一，道盡而術焉不以。服牛乘馬，堯利致遠；驅龍放菹，禹功平水。御焉豈膠擾之云乎，兼者特貫通而已矣。和同罔間，辟上辟下而辟中；統攝無遺，維有維嘉而維旨。大抵物盈於宇宙，惟聖能制；道行乎隱顯，無形不該。彼函三爲一，本至理之如是；豈自三生萬，可徇私而治哉。惟此探其機於闔闢動静，順爾性之屈伸往來。所以西河疏導，乘載刊木；南風長養，鼓絃阜財。制彼不齊之萬類，混然奚間於三才。孔生陳盡性之辭，育言所贊；晉史述祖綱之論，總取其開。蓋始者乾爲物之陽，具此粹精；人秉物之品，均兹情性。鼃鼉因河海之不洩，螻蟻即君臣之主敬。聖乃佃漁網罟，取十三卦，阜通食貨，參諸八政。信周流此理，無間三極；特宰制其間，有關百聖。想舜如被植，端由典禮之惟寅；諒羲若類情，亦曰統天而正命。後世貫通之理莫察，總攝之功匪嚴。三正怠棄，天怒人怨；三統錯行，木饑火炎。以至梁則移粟，漢則平準，唐之税竹，齊之鬻鹽。彼任智復任術，御者弗審；是論勢不論理，判然莫兼。豈知夫統彼官臣，冢宰尚資於制用；敬于上下，朕虞亦賴於惟僉。又當知齊其品彙者，土苴緒餘；通乎造化者，精神念慮。今也龍蛇信屈，皆吾神氣之融暢；鳶魚飛躍，即我至誠之形著。及其至也，萬物自我備，三才自我出焉。何所兼又何所御。

聖人兼三才以御物

臨川陳嘉富

物性均具，聖心獨該。御蓋兼於一道，本不外三才。運吾接奧之神，元無不統；制被混成之類，用豈難裁。夫惟一真本洞融幽顯之機；萬有自不出斡旋之外。立心立命，獨妙貫通；有象有形，悉歸統會。物之理，即三才之理，曰御何先。聖之心，涵太極之心，所兼者大。雖曰《履》位躬正，《離》明面南，然且職偕覆載，教之並立；辟合上下，中而與參。道云立道，此貫道心之妙；元曰爲元，此全元氣之涵。茲物雖不一，理貫則一；由極既判三，聖兼此三。足以執足以臨，渾融有道；取諸近取諸遠，主宰無慙。豈不謂父生師教，人紀孰齊；天覆地持，元功誰秩。當知君有以總，道同所出。性能盡性，不離贊化之妙；則安有則，豈外秉彝之質。由流通此理，無隱無顯；故統御自聖，貫三爲一。美其獨備，妙得一之機融；類則各從，豈能群之道失。大抵位分三極，無理外之形氣；聖融一念，會道中之散殊。蓋乾坤皆物也，心宰妙矣；臣民亦物也，力驅可乎。此其會脉絡於一致，而可判顯幽於兩途。位無易位，元化我敘；綱蔑不綱，彝倫我敷。兼者心會，御之迹無。近以法觀，取果聞於羲氏；得而配順，成宜見於姚虞。蓋始者天垂星日，豈自齊星日之經；地載山川，不能奄山川之寶。穀粟未有經，民用曷致；君臣苟無紀，人倫孰保。蓋函三既判，雖具是理；然統一其間，莫非此道。使各安事物之常理，斷有賴君師之大造。武陳八政，豈能秩攸斁之彝；禹奉三無，何止暢惟夭之草。況聖人日綱月輪，涵性內之靈曜；乾經坤緯，具胸中之太初。仁義準繩，秩若心根之始；禮樂統紀，粹然形踐之餘。由方寸三才，已備道矣；故宰制萬類，何容力歟。非立極於中，聖克兼此；恐奠位而后，勢終判如。所以功格平成，自爾息龍蛇之害；教明親信，其誰近禽獸之居。抑又聞男女有《艮》《巽》，常道乃明；水日非《坎》《離》，化工終鬱。《泰》長《否》傾，道所升降；《剥》窮《復》反，數之伸屈。是知聖人以一心兼三才之道，而又能會三才於一心之《易》焉。見《易》能開物，聖能御物。

大全賦會四

聖人祖乾綱開四聰

李叔虎

聖德天運，下情日通。綱獨祖於《乾》健，聽四開於《巽》聰。躬《履》位以無爲，法兹元統；開《隨》方而皆達，洞若宸衷。切聞事情每壅於陰柔晦濁之時，公道常新於陽德亨道之始。惟體此純剛，無少間斷；故洞然兼聽，何分遠邇。健乃《乾》綱之大者，萬善會焉；聖於《臨》政以祖之，四聽開矣。明哲躬備，帝王事該。起心上不窮之經緯，探畫前未露之胚胎。陽體其純，性中之剛德流暢；天法其統，胸次之混元往來。終始運行，健以無息；疏通洞達，聽由此開。兹剛毅發强，仰究始亨之總；合東西南北，俯垂公聽之恢。開者何？道參其變，機同相應之聲；《易》窮其藴，下有自通之意。闢堯之門，在在進善；通舜之耳，人人盡議。信志符交《泰》之同，由德法純《乾》之四。神存穆穆，究粹精所統之宗；聽達皇皇，無壅遏不通之累。吾故曰乾以健而行，總攝萬殊之理；德以剛而達，流通衆善之天。蓋六陽如不續，則造化壅矣；而一念或未純，則私邪塞焉。信胚腪龍德之純粹，皆脉絡羲經之直專。其自强也，聽納無倦；其體仁也，寛洪廣延。聖心無蔽以無惑，主道利明而利宣。想文王廣義問之昭，紀參乎

《易》；諒黄帝有合宫之聽，係取諸《乾》。蓋聖人無柄鑿之見，而轉彼《乾》圜；無門庭之限，而闢夫《乾》户。言參《乾》信，絲綸四海之播告；情體乾通，絡繹四民之疾苦。凡普天之下，聽靡不達，由大綱所在，健爲之祖且異耳。亨以《巽》剛，徒順於《巽》繩；面聽取《離》柔，不重於《離》罟。厥有握《乾》總綱，光武興運；旋《乾》執綱，憲宗御時。四關無擾，生意方《復》；四海悉臣，群心悦《隨》。何乃聰雖無壅而圖讖惑矣，聽雖達善而奸邪蔽之。信聽不難開，亦不難塞；見綱非易祖，尤非易持。使行健有常，何終摇於群議；奈閑邪不至，反輕信於單辭。終之曰綱言其祖，未免迹求；聰謂之開，尚勤時憲。孰若幾與知兮，融機括於内境；利不言兮，妙經綸於方寸。至此則《乾》之綱在聖人，而聖人亦無所用其聰，豈屑屑法天而行健。

聖人開四聰以招賢

吴逢泰

天聽貴廣，聖心敢專。開四聰而在上，合衆議以招賢。仰上智之挺生，聞皆旁達；求英才而並用，意極詳延。聞之可否參衆論，始得真才；謀議私一人，何如公是。但能不惑於偏聽，斯可廣延於庶士。今上聖開四聰之廣，何所不容；爾群賢由數路而求，招之以此。器則主《震》，明焉繼《離》。念群才久鬱於當世，且公道大恢於此時。所以堯聞欲廣，門自堯闢；舜聰未達，岳常舜諮。惟世有《洪範》作謀之主，夫誰歌『白駒在谷』之詩。端紫宸楓禁之居，素恢天聽；致緑水芙蓉之彦，欣睹雲披。是招也不以一人方譽，而季布遽登；不以片言甫久，而千秋即相。信若人之拔擢不偶，皆與詢之是非各當。高宗惟多聞，始采肖象之説；文王惟周度，斯得揚鷹之望。苟單辭隻語，遽欲聽信；恐真才碩能，何由歸向。龍顔端拱，九重恢《坎》耳之公；鳳招肆頒，多士喜《泰》亨之長。大抵人有真才能，衆所熟識；君欲公選舉，聽非可私。道惟四達，賢乃可舉；門但四賓，賢無少遺。況聖主旁達《巽》聰之聽，豈人才尚懷遯世之思？曰聞僉曰，斷必任禹；選聽衆選，决然舉伊。朕開公道以招也，爾爲明時而出之。若曰旁求，宜考孔融之表；兼陳臨下，請稽華氏之辭。非不知公府薦賢，奏目上聞；郡守舉賢，列書交赴。然而主聽之不廣，未必賢才之樂附。要在有高帝之聰，始來商皓之成翼；無太宗之聰，難進馬周之徒步。未嘗執私見以招徠，所以得真賢之會聚。且異唐人之取士，僅止三科；未多漢帝之得人，旁延數路。又況興賢有詔，綸綍屢寫；聘賢加禮，弓旌遠招。不分其四甿以在路，則資彼四鄰而立朝。是宜南陽枉顧，且見諸葛；東海召至，豈惟一蕭。皆衆謀衆議，賢士乃舉；豈一譽一毀，私言易揺。肯使夫晦迹箕山，應欲洗許由之耳；栖身栗里，終難折陶令之腰。雖然萬招之始，論固宜公；既招之後，用非可捨。張良果賢臣，何尋鈎於黄石；裴度真賢相，何養高於緑野。是必人君能開四聰以招之，又能堅一意以任之，庶無負也。

聖人竭心思仁天下

盱江李宏叔

心運天下，道公聖人。竭其思而在我，隨所覆以皆仁。素全經緯之神，益加盡慮；坐視幅員之廣，咸與爲春。大凡方寸雖微，可納寰區；毫釐未盡，殆虧生理。誠運于中，罔有欠缺；澤周于外，何分遠邇。蓋仁道本公於天下，心實主之；使心思未竭於聖人，仁難溥矣。濬哲生禀，聰明有臨。眇己中居於宇宙，一機妙運於胸襟。能慮能定，《大學》其志；弗得弗措，《中庸》此心。謂物物生全，皆我之責；此心心運用，憂民也深。五百年間世之君，盡誠而慮；千萬里爲公之域，被澤于今。思之如何，以憂勤一意而發政四民，以兢業寸誠而叙功六府。念念惻隱，元元生聚。性地周流，時雨庶域；善淵充暢，春風萬宇。天下非大，吾道爲大；心思既溥，斯仁亦溥。至誠不息，居嘗極慮於九重；達德旁周，孰不相安於率土。吾故曰天下皆吾民，每勢異而理一；君心一太極，寧此全而彼虧。使昧昧我思，無同體同胞之見；是屑屑其仁，特移民移粟之私。惟此密運宸衷之機括，悉除道外之藩籬。慮周四表，仁治四表；念及八維，仁沾八維。公溥其心，聖所以聖；姑息者流，思猶不思。恩謂之行，請考趙岐之注；政言其繼，願稽孟子之辭。始者萬物一其體，孰親孰疏；八荒皆我闥，何封何畛。此大君中三極以是主，豈善念可一毫之未盡。必也雲行雨施，流通性内之大造；火然泉達，充暢胸中之不忍。斂在一心，間不容髮；散諸四海，放之而凖。想老無不養，源流成后之永艱；諒民既咸親，脉絡夏王之勤敏。又當知及下之仁，體固達用；得人之仁，責尤在吾。所以思天下之飢，稷奏庶食；思天下之仁，尹憂匹夫。由聖賢無兩心，所慮皆盡；故遠近雖異勢，何仁不孚。切異夫鋭志唐宗，徭役稔勞人之弊；厲精漢帝，刑名重束下之誅。至矣哉！仁天曠蕩，有大帡幪；心地渾融，毋勞經緯。何爲而已，五服聲教；無憂而已，萬民和氣。此又帝堯非心之日，文王宅心之時。但見行仁之效，既聖人能同天下之意。

聖人竭心思仁天下

三山林季龍

天下俗異，聖人道公。化自我以能運，意在人而則同。端居寶位之尊，統臨有屬；克混綿區之習，志向皆通。蓋聞民生異風俗，所性則均；君心如天地，乃公之至。由吾獨化，統攝斯世；宜爾百慮，會歸一致。惟聖人能此，覺夫未覺之民；故天下從之，同彼不同之意。觀其睿哲莫及，聰明夙全，妙防範群心之道，握轉移一世之權。俗由我御，統爾倍於不齊之地；民自我順，導斯民於所稟之天。非至聖所能，世莫能此。何人心不一，今皆一焉。五百年之休運有開，冠倫爲至；千萬里之民心無異，易地皆然。想其智雖足臨，智無任己之私；政雖以治，政自齊民而始。統一衆庶，均齊遠邇。感之以心，心皆欲正之念；立之誠者，誠盡毋欺之理。使天下定于一焉，非聖人孰能與此。躬全上智，備《中庸》爲至之資；人絶異心，叶《賁》象觀文之以。吾知夫人皆有是心，所見各異；聖能同其倍，非人可爲。况性天禀受，其本一矣；而民情好惡，亦君使之。故此任斯世綱維之責，一夫人趨向之私。奢褊剛柔，異俗隨革；喜怒哀樂，一真不漓。意則同此，人誰外其。律以定之，載考班書之語；志言通也，更稽羲《易》之辭。昔者七情未啓，均是善端；一天不鑿，渾然正性。奈爾民紛雜於私念，幸此日混同於上聖。經綸天下，能立其本；平治天下，能修其政。使夫人自觸於一機，故此意悉同於萬性。想武清四海，一心形《泰誓》之言；諒成撫兆民，叶志謹《周官》之命。抑嘗考《漢志》立言之旨，知古人作樂之因。六律同而律以和衆，八音同而音斯感人。聽吾雅奏者，自滌邪念；樂我至和者，悉還本真。由樂非獨樂，百姓同好；宜心以感心，一機覺民。又何必《易》以盡言，辨悔吝吉兇之證；《詩》而逆志，有箴規美刺之陳。抑嘗論世有莫爲則能之論，始興心無或異則同之功，何假漢也。民不同風，或起詐僞；吏不同心，至聞苟且。然則能同之論，孟堅所以歸之於聖人者，何哉？蓋深惜漢家之天下。

聖人感人心天下平

三山歐陽天澤

天下勢異，聖人化行。當爾衆之願治，感其心而自平。仰止實聰，合輿情而孚契；要其成效，措寰宇於安榮。自祖宗立國以來，而德澤入人也久。綏懷之内，中悦誠服；效驗所形，民安俗阜。聖天子勃然挺出，正群心欲治之初；感則遂平，治天下何難之有。于時新命凝鼎，大君有臨，河北喜威儀之見，山東思德化之深。簡役以來，安有異志；制書所下，誰非革心。人情之愛戴如是，世道之隆平自今。明明一德以天臨，使民悦服；穆穆四方之衡迓，舉世謳吟。想是時懷湯之德，寧輯湯邦；戴堯之仁，雍熙堯野。感動情性，鎮安夷夏，自然月塞寢兵，人人奠枕之域；春堂飲酒，在在覆盂之下。信泰和盛治，非偶然爾；意感發人心，有機存者。足有臨足有執深矣結民；曰已治曰已安誰其解瓦。大抵人惟有感，於戴上以彌切；世不相安，以其情之未親。故心既離商，終莫定於商邑；而心如戴舜，可坐安於舜民。矧此累世恩洽，本朝化醇。是宜工歌賡商歌肆鼓舞善政，行遜路耕遜畔薰陶至仁。想身處太平之世，此心皆咸感之。人化謂之生，請考戴經之語；誠言所發，載稽唐史之陳。嘗慨夫秦漢同一天下，何秦失而漢興；隋唐均此天下，何隋亡而唐治。豈安危之勢適爾，抑理亂之機有自。良由人苦秦苛而樂漢寬大，人厭隋暴而戴唐仁義。惟待民以君子長者之化，乃措世於磐石泰山之地。亦何異安周四海，必由大畏以小懷；治禹九州，蓋本東漸而西被。況夫痛心悔咎，武士流涕；動心傷體，斯民息肩。起一愛心，念念綏撫；託一誠心，言言諭宣。上每念乎民，有若此者，民欲亡乎上，其能恝然。非此心交感於百姓，何一旦驟安於普天。果令赤子弄兵，波靜潢池之亂；烏孫請命，風清北塞之煙。雖然國家無所事，未見吾仁；患難迫於前，始知深感。故悅民如成周，爭犯難以忘死；恤人如七制，雖即戎而無憾。君子於勞不怨、死不避，然後知聖人之感人也深，天下欲忘之而奚敢。

聖人感人心天下平

建安陳安之

天理終定，聖人不爭。感其心於自悟，聽天下之皆平。仰睿主之覺民，志因潛格；宜寰區之安業，分所由明。蓋聞民均此性，初無難動之機；物逆其天，終有必還之理。予惟明義，默使之悟。彼自樂業，各安汝止。方分踰于下，特人心暫蔽以如斯；乃聖感其心，宜天下不期而平矣。尊履五位，君臨兆人。開明性內之天理，啓迪道中之本真。民未知有分，則悟以常分；世不可無倫，則覺之大倫。由平日相孚，不外是理；故其天一定，隨安爾民。獨智有臨，得胥動與情之道；多方開泰，宜一陶和氣之春。茲蓋義一諭而義隨識於君臣，分一覺而分咸知於上下。其動也順，不安者寡。是宜士守其業，工守其藝，賈安於市，農安於野。使聖非以理感爾俗之本，然恐人不知分，果何時而平也。實聰實睿，格民蓋本於綱常；已治已安，復業自臻於夷夏。大抵民皆知所守，患未有以潛感；理必至於定，始相安於自然。非性覺性天覺天，秩秩禮分；恐智鬬智力鬬力，紛紛目前。故此即古者有常之理，開吾民自動之天。故萬邦臣服，而君臣之義自正；四方子至，而父子之彝具全。此聖君感動之機也，爲天下安平之地焉。想能治如堯，戴實由於億兆；諒用康若武，同蓋自於三千。思昔和平之世，且聞祟亂之有憂；治平之朝，猶以苗頑而爲病。嗟綱常至此以浸泯，而禮義蕩然而不正。迨夫文教一修，隨臻當日之親善；舜德一敷，旋格曩時之逆命。念暫擾者人，終定者天；見不應自民，有孚自聖。遂使居皆願遜，歷山成所聚之都；田不忍争，虞國無不從之令。是何孽胡雖猾晉，卒爲晉義之屈服；匈奴雖背漢，終屬漢綱之統臨。河西纔一書，見即知意；奉天祇一詔，叛隨革心。蓋人欲方滋，固未免紛紜之擾；迨天真一悟，豈復容强暴之侵。信不憂守分之未定，特所患感人之不深。不惟涇隴之武夫，至形流涕；豈特關畿之故老，亦切謳吟。然嘗論義自知所激，則靡勞潛感之功；情未至於和，則始有不平之憾。故古者士歌廛商歌肆生理自若，行遜路耕遜畔乖争莫敢。于斯時也，人心皆知有分守，而天下自相安於道化之中，何所平，又何所感。

聖人清天君天地官

三山連應昇

心統天地，職專聖明。官有主以後定，君居中而本清。鏡萬物以無私，湛然宰制；管兩儀而並位，秩若平成。蓋聞大君實宗主乎三極之中，元化本脉絡於一心之粹。何思何慮，不雜真境；辟上辟下，各安定位。欲消而理徹，凝聖性者在聖神；此清則彼官，即天君以參天地。觀夫哲鑒昭晰，性淵靖深。中正若辰星之揭，虚明如日象之臨。且曰胸次無昏滓，澄澈萬境；化工有管攝，綱維寸心。使秩然二位之各叙，由清則一塵之不侵。莊足有敬，寬足有容。中虚以治，高所以覆。博所以載，職謹攸欽。官之如何，乾邪一闢，物流乾品之形；坤敬一直，位正坤臣之美。使兩間之綱舉目順，即寸念之鑒明水止。羲叔不必命，輝聯星日之次舍；職方何用掌，棋布山川之疆理。非聖明有以主之，則造物幾乎紊矣。且精神静而能鑒，所守湛然；非禮樂備以且明，相維在是。大抵太極分高厚，必待綱維之力；聖心妙工宰，實司統攝之權。況三光全寒暑平，心正故也；而庶物生風霆流，志神使然。信知妙括於洪造，端自静涵於善淵。帝衷澄湛，則五帝位格；靈臺融澈，則百靈職虔。蓋君則爲能官之地，亦聖焉清所性之天。注載考於楊生，政言以任；論詳稽於荀子，功謂之全。人徒見日月顯於文，秩有常經；草木若於舜，品分庶彙。似無關方寸之造化，皆不出元工之形氣。豈知舜直而清，性仁守此虚静；文明而清，心德爲之經緯。想天地同其間，官以是正；意心術主於内，聖惟我既。是則維分南北，止乎《坎》，麗乎《離》；令叶陰陽，復於子，生於未。

然嘗疑融風警宋都，天曷譴怒；大水沉趙竈，地非静安。豈於世數休咎異證，抑亦君心危微兩端。要在聲色混吾清，漲流脂渭之必遏；貨賂濁吾清，煽熖權門之莫干。使無私邪無嗜欲，以静爲主；則職覆幬職持載，繼今自官。當如思謹堯欽，曆正星虚星昴；抑若心無武貳，證平時燠時寒。聞之師曰磅礴非地也，吾地以心；穹窿非天也，我天其性。陽動陰静，二氣之凝合；鳶飛魚躍，一誠之游泳。天惟静守在我之天地，然後能官在彼之天地焉。心之精神是謂聖。

聖人清天君正天官

浙漕鍾鼎

天理之粹，聖人所爲。君内清而在是，官外正以兼之。儼南面以尊臨，一無或累；湛宸心而中主，五治其司。蓋聞帝王稟賦，太極渾全，身心動静，一誠表裏。湛吾所主，獨妙宰制；謹乃攸司，各安役使。聖人聖德，内亦然外亦然；天君天官，清乎此正乎此。濬哲生稟，聰明夙彰。冲虚萬慮之俱净，邪曲一毫之必防。好樂忿懥，心《大學》之數語；視聽言貌，身次疇之九章。内外之地，交盡存養；純全之天，自無梏亡。根德之中，抱性之明，真淳素具，出令於此，聽命於彼，澄治交相。豈不以外足以養内，則誠明主宰之當存；静無以制動，則臣僕寇讎之交害。要必誠存得一之妙，事本建中之大。心由此虚，自以治之隨應；目不爾蔽，皆則思之默會。此清彼正，天者不泯；瞬養息存，功其有賴。以臨以執，去其僞而全其真；是主是司，澄於中復治於外。大抵心與身相合，烏有相離之理；聖雖天所賦，益加所養之功。故帥性中存，斯能形役於群動；如客邪外入，必至心爲於衆攻。兹所以操存湛若以養志，踐履粹然而在躬。肢安所職，乃全謂性以謂命；思睿曰主，自見曰明而曰聰。既清且正，二者兼盡；若内與外，渾然一同。苟況立言，養兼云於順政；趙岐著論，治亦謂於居中。蓋始者心思志慮，且天理之胚腪；耳目口鼻，均大形之戴履。奈汩於邪念者，轉逐乎物；而偏於外好者，反揺乎内。惟聖也主之以成敬，隨舉動以皆中；司之以聽視，洞虚靈而不晦。兹清正之功，隨地而謹，以畀付於我有天者在。所以身之修者，由先其意，在其心；性所存焉，斯見於面，盎於背。又當知萬境變於前，則好惡雜襲；一心無所主，則正邪混淆。且以令色汩吾天，易蠱易惑；讒口蝕吾天，載惛載呶。可不玩沃心等語，佩服《書》訓；味盡性片言，盤銘《易》爻。必清而後正，官自君始；無操之不存，理爲欲交。是則思絶朋從，衛益嚴於神舍；體均一視，愛兼及於民胞。斷之曰君無待於清，是爲天德之純全；官猶假於正，始賴人爲之涵養。今此何思何慮，渾然性理之不鑿；無聲無臭，泯若儀刑之可象。此則帝堯順則之日，虞舜出寧之時，而文王不知不識之天，但見體胖而心廣。

聖人清天君正天官

雪川張雷復

天理攸寓，聖人則思。君内清而能定，官外正而相維。大矣化神功兩全於妙者，湛乎心宰職咸使於安之。聖明動静，太極渾融，身心存養，一誠表裏。謹吾主宰，無撓無雜；安爾職掌，不偏不倚。君此理而官此理，清且正焉；內之天與外之天，交相養此。觀其性禀寬裕，姿全睿聰，欲謹酌損，志加養蒙。謂心主乎一，静固可以制動；然形役者衆，外亦能於亂中。此神動天隨，獨妙于聖；見君清官正，兩全厥功。尊以冠群，得知化窮神之妙；虚而治五，加澄源端本之功。想其澄之不濁，自然神定守安；粹而一出，毋或色昏味爽。欲去理得，體胖心廣。念慮謹所主，則四體無曠；視聽欽厥司，則寸誠克長。毋天以人勝，而人以天勝；必內爲外養，而外爲內養。兼三才御萬物，操守何如；潔一念統衆形，渾融可想。吾故曰聖全天禀賦，功不遍廢；君與官表裏，分皆有常。况理欲界限，甚於堂陛之等級；而內外體統，秩若朝廷之紀綱。我得不以心正身脩之道，爲瞬存息養之方。清匪自清，官賴扶翼；正非徒正，君爲主張。此脉融貫，其功迭相。若曰不思，書考孟軻之戒；如云以治，傳稽荀氏之詳。蓋曰身乃心之官，方寸流行；心亦身之君，百爲統會。是皆始者之賦予，非可判然於內外。故歌舞亂其天，則心以身累；嗜欲戕其天，則身爲心害。是必適堯之正，精一允執；象文之清，色聲不大。此聖明與理俱融，亦清正之功是賴。是則功全《蒙》養，內斯絶於蔽《蒙》；志合《泰》交，外自無於驕《泰》。亦由夫玩湮水之辭，《洪範》五事；睹躍淵之訓，體《乾》六爻。思存曰睿，理本融貫；誠謹毋邪，欲無混殽。凡天理運全，洞貫身心之藴；亦聖學高明，不爲口耳之膠。以此見君官之養，又當嚴內外之交。聖若木從，心悟詩書之旨；性無湍決，味耽仁義之肴。噫，清之名一立，則天德未融；正之功未泯，則天真已晦。孰若武身自修，無好無惡；孔欲不踰，寬尤寡悔。至此則內外兩忘，無待於交。相養之功，孰爲外，又孰爲內。

聖人清天君順天政

隆興周一清

聖主中御，心君内清。純乎天而無間，順其政以偕行。繼此離明，湛靈襟而是主；協夫常令，幹元化以難名[二]。原夫帝王興起，實爲三極之宗；造化運行，不外一心之正。理明欲净，不汩於物；氣叶時和，罔乖其令。心統萬形而爲主，是所謂君；聖無一息之非天，清而順政。觀其英毅間出，聰明夙全。念吾心妙二氣之凝合，與大造同一機而轉旋。所以潛經綸之神，萬化出是；湛靈明之府，五官屬焉。此真境渾融之地，即化工秩叙之天。淵懿有臨，恪守神明之主；叶調無爽，密參化育之權。寧不由陽舒陰慘，皆此性之密融；寒往暑來，亦真機之不已。工宰自我，流通此理。周祲不必卞而秩秩協序，舜衡不待齊而繩繩循軌。隱然可宰物之妙，大抵自清心而始。澄吾物鏡，居中實主於一身；運彼化機，叶用寧乖於五紀。大抵聖與天爲一，默寓主張之妙；心爲物所汩，始取輔相之宜。百慮皆澄，亭毒密運；一真少混，經躔易虧。信欲叶元造流行之序，其可容一毫嗜欲之私。誠而則著，日月久照；思以惟睿，雨暘若時。君者清矣，天之合其。若以授時，精自唐堯之執；奉而理物，澤由文后之惟。抑嘗觀命者天之令，渾涵太極之全；性者天所予，融會一真之粹。哲謀寒燠，非有二理；中和化育，實均一致。惟胸中有大造，默存調叶之妙；故心外無餘政，足任恢張之寄。於渾融真境之中，知流動天機之自。如是則發而布令，同然秋殺以春生；用以合和，自爾雲行而雨施。乃若四序愆和，燭未調玉；三登觖望，旱仍鑠金。豈宸心澄澹之未至，抑帝眷扶持之實深。方且欽天有臺，神則如在；敬天名圖，凛乎若臨。以澄源正本，默協庶證；此轉咎爲休，實關一心。將見惟而命官，躔次驗台衡之正；用而謹罰，光芒占貫索之沈。斷之曰運行無爽者，誠内之機緘；悠久不息者，化工之符印。歲月雖協用，汲汲思睿；風雨固弗迷，拳拳德濬。是知天政無一日之不順，天君無一息之不清，已順常如未順。

［一］《漢書·百官公卿表》顔師古注引如淳曰：「斡，或作幹」。

聖人清天君順天政

鎮江左居厚

聖御三極，理純一天。清其君而主是，順夫政之當然。夙全有執之能，澄吾工宰；爰奉無私之令，與帝周旋。國家有大柄，惟賞與刑；帝王位兩間，此心皆理。非湛然居中，不汩於物；恐逆以從事，或私諸己。且聖治自聖心而出，求則得之；謂天君乃天政所關，清而順此。剛正履位，聰明冠倫。靈臺止水之無滓，虚室太空之未塵。官由我治，外制群妄；身自我主，内融一真。則知達此念於有政，所謂純乎天而不人。睿以臨寛以容，淵乎有守；賞不僭罰不濫，審所當因。吾非萌一忍心，而用法過苛；吾非徇一私情，而以名輕假。本正事治，理明欲寡。舜但惟精，德因命於虞室；武惟曰睿，罰自行於牧野。苟微而此心少有私焉，是吾所謂政特其人者。誠不勉而中境，全方寸之虚明；上以承所爲事，蔑一毫之苟且。大抵心爲政之原，易以物曉；君承天之意，動宜理循。使念慮蔽昏，或非《大學》之先正；是智力矯揉，未免伯圖之不純。今此靜守虛中之府，妙存索至之神。雷霆其怒，奚意用武；雨露其恩，何心得民。以此見政中之造化，渾然皆心上之經綸。事惟在於所爲，注稽于諒；類首言於以貴，書考之荀。人但見配天其澤，難窮湯后之仁；將天之威，莫若文王之盛。遂云明聖之出治，不過賞刑之操柄。不思銘盤而新德，善念澄澈；重《易》以洗心，虛襟凝淨。信出於君本於天，爲政有道；而清乎此順乎彼，澄源自聖。不見聲惟弗邇，賞悉當於懋功；出罔不欽，臧亦聞於施令。然嘗論天惟有所蔽，則清之説斯有；理苟無所咈，則順之名必無。自後世昧誠意正心之學，而庸君多縱情逐物之娛。刑天討也，鑄鼎甚矣；禮天秩也，請纓可乎。嗟治本在心，懵不之察；此儒者立論，返其所趨。甚而靜若漢文，猶侈鄧通之賜；明如唐太，反加君羨之誅。夫豈知宸衷恬淡，貫彼顯幽；治道勸懲，特其土苴。好能無作，則燠寒不爽於歲月；誠至則明，則飛躍亦安於上下。至是則聖人情其君，蓋將爲天地立極，爲民物立命焉。彼順功又其末也。

聖人清天君全天功

太平李洙

太極同體，聖人宅中。清君心而在我，合天道以全功。德著日新，湛一真之主宰；效成時亮，與大造以流通。夫惟聖明與元化，渾若同流；工宰在吾心，純乎任理。由本真不汩，表裏洞若；故妙用曲成，轉移間耳。且人欲乃天君之累，清則湛然；雖天功非人力所爲，全之在此。濬哲無蔽，智仁不居。寸忱常湛於止水，纖翳不浮於太虛。令由此出，群動坐制；官自此正，衆邪悉除。未嘗昏蔽於天者，自有財成之道歟。聰明卓冠於群倫，虛中湛若；化育仰裨於洪造，成效昭如。茲蓋潛《洪範》之睿，則庶證咸休；溥大《易》之誠，則四時各正。職覆于上，成能自聖。建於堯兮，明日月之增耀；亮於舜兮，秩陰陽之順令。由本原不汩於在心，雖造化亦爲之聽命。物無凝滯，澄五官所治之司；道妙彌綸，無一簣或虧之病。乃今知真宰功用，自有貫通之妙；聖君念慮，不容私欲之侵。惟至誠弗雜，可盡性以贊化；苟靈光少蔽，恐愆陽而伏陰。今也萬境俱涵於太宇，一塵難染於中襟。璧合珠連，轉休證以如昔；木饑水毀，回豐年而自今。有脉融貫，以心統臨。訓著荀卿，治汝官而順政；語稽莊叟，明此鑒以由心。人徒見文知天迪，功著丕承；禹致天成，功昭永賴。於是致五星應瑞之驗，弭九載洪滔之害。豈知道惟一兮，貫通脉絡之妙；德象明兮，彰著輝光之大。良由湛本體之獨清，所以成混元之一泰。故得成而不怠，冒于出日之隅；除以惟歌，濬此距川之澮。抑論之，聖德即天德，固由體以致用；內朝與外朝，實自源而達流。彼蔽於近歲，曷弭日青之變；而搖於群小，乃貽星隕之憂。必攻心之衆，自我先去；庶運化之功，與天者游。不見志得其寧，有若時之寒燠；中由是執，無紊序之春秋。雖然，運化機緘，自一念以潛通；格心事業，又大臣之素抱。説能啓沃，道所由奉；尹爲左右，雨奚必禱。然則聖人清天君以全天功，又能建輔弼以成天功，斯可斡旋於妙造。

聖人清天君全天功

太平李霖

上聖中御，天君內融。清我本原之地，全夫造化之功。抱正性以有臨，湛然宰制；亮元工而無闕，妙且心所主矣流通。聖人妙真宰以彌綸，太極與吾心而融會。澄源之地，静定不汩；贊化于上，財成有賴。且心所主即君所主，內養者清，以我之天回彼之天，功全也大。黼座淵默，法宫靖深。挽回休運於今日，融會真機於寸心。所以治居中之主，主宰者定；湛統性之神，神明若臨。清者常清，思慮不撓。至所未至，轉移自今。仰止聰明，洗羲《易》退藏之密；備夫工宰，叶《虞書》時亮之欽。想其心官既正，隨亨氣運之《屯》；道宰不凝，旋召陰陽之《否》。妙無虧無欠之用，自不濁不昏而始。是宜亮以惟時，寒暑叶序；建而增耀，日星順紀。爲天全功用之未及，皆心上經綸之由起。精神罔汩，宸衷之澄徹渾然；化育靡虧，洪造之範圍在此。吾知夫聖心且妙用，本脉絡之相貫；大造無全功，一準繩而有餘。非淵衷澄《泰》，物欲净矣；恐世運復《否》，休祥缺如。惟聖也渾然穹昊之同體，湛若本真之一初。五官淵湛，五紀叶順，四端泉達，四時發舒。此聖人清我之天者，爲造物全功之地歟。諒建若文王，克宅以文明之懿；相亮如舜帝，惟微本舜德之虚。人皆曰天功成於禹，順考天心；天功建於武，恭承天命。金木水火，秩秩咸叙；日月歲時，繩繩各正。豈知洚水平水，源流精一之執；常雨時雨，根本睿思之敬。貫通妙造於此心，回斡化工之自聖。使渾涵神舍，星文移退舍之祥；苟澄湛靈臺，雲瑞紀登臺之慶。又當知帝王全天功，雖本天君之静；輔弼成天功，尤資天職之修。夫何四牡勤歸，南仲莫挽，十漸入告，鄭公幸留。則三光未全，誰克寅亮；而五行雖全，尚多隱憂。必志意交孚，嘉賴二臣之力；庶國家自今，可延一脉之休。更資恭叶皋夔，迷弭風雷之烈；抑使心同周召，祥開烏火之流。噫，晉嗣未安，基於夕陽之一言；漢本早定，成以商山之四老。蓋貪天之功，患起歸寺；而成天之功，弼資師保。吾故曰清天君以全天功，又當知正儲君以慰天心，仰聖君之大造。

聖人致大利和天人

慶元周祥

聖統三極，利公一時。致功用之大也。和天人而以之。禀厥聰明，丕格乾能之美；叶于幽顯，各臻預順之宜。切原上帝下民，初無難感之機；人君妙用，不外自然之理。皇通一意，所濟既博，融會兩間，其端在是。大利本天人所有，致者誰乎；全功待神聖而能，和之以此。淵懿高古，哲謀過人。任洪造裁成之責，全群生養育之仁。雲行雨施，充廣不言之美；物備器成，周流咸用之神。此時此利，非强而致，于天于人，其和有因。業廣德崇，極萬世無窮之用；上歆下叶，妙一機相與之真。玆蓋不暴殄其物，以傷造化之仁；不剥削其財，以咈富安之意。生機流動以不息，道妙渾融而有自。時調玉燭，薰爲亨泰之象；民牖塤篪，播作雍熙之治。凡是和在在以皆然，豈其利規規之所致。誠不欺於暗室，所益無方；純何假於明堂，相孚基易。請言夫太極肇分，已具因成之用；一毫少咈，殆非宰制之公。彼劉鞭桑計，特小小之爲術；而禹府周泉，有生生之不窮。此利源之流衍自古，而聖上之叶調有功。風薰阜財，融元化之長育；日中爲市，會萬民而變通。因利而利，初不容力；知和而和，隱然在中。係請考於宣尼，用稱其備；言更稽於揚子，際謂之同。思昔鴻荒肇判，而天之道未成；鳥跡方交，而人之生猶病。向使日月星辰未授堯曆，食貨賓師未頒周政，則何以樂成鳳儀，聲溢九奏，武偃馬歸，悦形萬姓。信大哉爲利，雖出於天人；然致而後和，必歸之明聖。所以民皆餘積，養遂至於開源；物自流形，保乃聞於正性。後世焚竭太甚，生意幾熄，征斂已煩，民愁莫紓。或妖異見象占之候，或流離哀雁渚之居。方且大東怨矣，徒重國賦；大盈富矣，益私己儲。彼惟目前計利之末耳，烏識古者召和之意歟。甚而間架且征，隨見怨嗟之肆起；舟車亦算，反咨災異之何如。雖然，至和固當格於隱顯之間，大計實取辦於富饒之地。必也寶貨曰庫，毋隳巴蜀之險；兵賦爲淵，當厚江淮之備。此孟子所謂天時人和，兼之地利。

聖人致大利和天人

三山徐可勝

大利所在，全功孰資。偉明聖之致此，和天人而以之。稟乃睿聰，坐底不言之美；形諸隱顯，俾安允叶之宜。太極民極，肇功用於未形；元化道化，待聖明而後理。斡旋一機，所濟既博；調叶兩間，其端在是。所利乃天人之利，大者致之；以和合形氣之和，功其若此；淵懿超古，清明若神。發洪造施生之德，遂群黎養育之春。用周於係《易》，非區區備物以成器；義充於《大學》，豈小小發則之謂仁。此其有道以致利，否則咈天而害人。實聰實睿之夙全，阜通其大；辟上辟中而無間，調叶惟均。茲蓋不暴殄其物，始全溫厚之仁；不窮削其財，安有怨嗟之病。生機融貫於妙造，日用流通於兆姓。以正德厚生，塤篪德内之善；以達道育物，橐籥道中之性。非大利之外，它有斯和；見妙用之機，獨全於聖。仰作哲作聰之主，益以無方；全立極立命之功，罔乖于正。大抵天與人並立，惟聖宗主和，自利中出，有機混融。況無無功，願政期並肓以無害；而化化初心，所冀相生之不窮。故必有睿哲文明之主，乃能全財成左右之功。舜璇周圭，調順乾晷；豳棗禹桑，薰陶土風。於此見至和之叶，得之於大利之中。保以咸亨，義兼陳於孔聖；用而無間，順備述於揚雄。亦知夫在天之和，則雨暘寒燠之時；在人之和，則夷隩析因之利。自夫舛令逆之，浸形干紀之變；苛歛害之，遂失養生之意。可不體天保合，回陽氣於寒谷；順謹養植，春臺於樂地[一]。則知太和本流行於隱顯之間，上聖惟深得於因成之義。如云解慍，皆五弦所阜之財；若曰叙疇，本六府惟歌之治。其有天意眷眷於十七年之久，人情依依於三百載之餘。夫何日中以致貨，泉府源壅；漕運以致粟，太倉積虛。固宜妖星或見於象緯，民怨靡安於雁居。使利惟能致，功亦大矣；則天且可和，人將曷如。當令女則布男則桑，業遂民閒之樂；木無飢水無毁，日遲化國之舒。抑又知群黎並育，乃道之功；大計或乖，豈和之至。此乃海涵春育，時臻草木之茂；雲飛川泳，性極鳶魚之遂。夫惟天和人和，而萬物亦和，尤見聖功之極致。

［一］「春」上當脱一字，或當爲「措」。

聖人致天下之大利

建安張彦博

天下欲治，聖人使宜。本大利之同者，爲群生而致之。臨寶位之至尊，所行以順；益寰區而非小，當廣而推。聖人即物理而成開物之功，因民用而寓便民之意。繄斯世得，宜不過順適；苟外此求，益皆非極至。大哉同利，以衆人之心而爲心；致亦何心，因天下之利而謂利。觀其淵懿高古，聰明繼天。道盡君師之善，職同教化之專。念生生而群，曷得養生之具；而物物皆用，孰司創物之權。必因其利，有以爲利；所謂自然，初非使然。聰冠群倫，任此綱常之責；澤施四海，博哉功用之全。是利也或人之順，則飲食葛裘；備物而用，則舟車牛馬。中有裕爾，它皆小者。《乾》始而亨，能以《乾》美。《益》有攸往，光而《益》下。有便於民，豈强民乎？不同其利，特私利也。智以臨文以别，運此規模；事之幹義之和，達諸朝野。請言夫事物流行，皆有理在；聖明制作，豈容己私。非意在利民，神農氏之等作；是私於利國，梁惠王之所爲。所以即日用以不闡，爲民生之共資。茹毛既不便，則教以佃漁之利；處野非所宜，則易之宫室之規。使屑屑而爲，致特强致；是小小之利，斯焉取斯。想萬邦表正於成湯，以除其害；諒五服弼成於虞舜，蓋取諸《隨》。嘗考夫《係辭》十三卦，器在畫前；《洪範》三八政，用存言外。蓋始初本物理之均具，特工宰於聖人而有賴。是宜一食二貨，有不盡之生養；上棟下宇，受無窮之庇蓋。皆因其生理，有以致用；使利止小惠，豈能成大。想稼有作甘之味，乃殖稻粱；諒貨明交易之宜，自通龜具。後世君非因利以爲利，民有若同而不同。爲弧可也，烏可干戈之慘；服絲宜也，豈宜杼軸之空。托利勢之言，威則徒尚；假利用之説，費爲莫窮。雖名致利，適以爲害；良以徇私，未能合公。盍思民既厭於結繩，乃從造契；世不資於贍用，未必爲工。至矣哉，利之丕庸。民則不知，利必咸用。神之所謂飢食渴飲，適自得之天性；鑿井耕田，融未開之風氣。至是則聖以美利利天下，不言所利；大矣哉，其功罔既。

聖人抱一爲天下式

盱江何極先

聖謹躬《履》，誠存法《隨》。一本胸中之抱，式公天下之爲。端居寶位之尊，所操粹若；庸作寰區之法，皆放行之。聖人物欲不能參正性之誠，明哲實足作生民之則。揆吾方寸，終始勿貳；放之四海，會歸有極。一惟獨報，見聖人罔敢于盤；久也弗渝，合天下以爲之式。觀夫睿哲高古，聰明繼天。吾身乃億兆之宗主，誠意不二三而變遷。德守德之和，德外無範；道執道之精，道中有權。乃知抱吾一之誠也，是即爲敷天之式焉。聰明淵懿冠乎倫，誠存至當；南北東西放而準，德自中全。蓋曰粹然守正，誰無適正之思；允以執中，孰有罔中之失。立爾標準，純無心術。四方雖廣，儀由文后之無貳；九圍雖衆，表自商王之克一。此聖心精一以獨抱，乃天下儀刑之自出。且王心獨守乎正，執本精微；使國人皆有所歸，舉陶純實。大抵誠至聖而盡，主一弗雜；君爲民之則，毋參以私。苟貳以二，叄以三，撓彼事物；是上無法，下無效，蕩然表儀。惟聖也心不貳兮有執，僞無載兮謹持。百官承此，令自兹禀；萬民見之，德由是丕。二者如是，式其在兹。想度以身先，義自夏王之繼；諒法因世仰，精由虞帝之惟。或者謂抱義而處，義有準之功；抱誠之正，誠寓繩之理。是皆經世之法則，足以示人之底止。豈知誠行者一，此乃中道；義歸于一，外無殊軌。雖式之爲式，散諸用以若異；然抱所當抱，由謹終而如始。是以元先乎德準，亦體於羲經；統大于王法，洞明於麟史。抑嘗議可法可度，在守一理；易摇易撓，當防衆攻。向使聲色亂吾，一霓羽奏曲；營繕問吾，一龍翔侈宮。則何以四方用式，蔑有越常之習；百辟是式，潛消植黨之風。信天下知所矜，無越準則；皆聖心純乎一，不分始終。堪嗟唐太之多慚，律人以法；切笑漢皇之雜霸，繩下非公。雖然，蒸民之則，固有取焉；萬世之法，亦無違也。今此一而定國，儲位早立；一於任賢，憸儔决捨。然則聖之抱一者，又知相授一道，咸有一德者焉，是以爲法於天下。

聖人抱一爲天下式

興化李君瑞

天下向化，聖人示儀。一自同心之抱，衆皆成式之爲。獨全正性之明，執而無失；推作寰區之則，照若咸知。聞之君心當决於是非邪正之間，治法常聽於把握堅凝之日。主之於中，見不疑貳；放之而準民歸表弈。物之功者衆，國論不齊，人品不齊；式自抱中來，天下此一，聖人此一。南面垂拱，法宮靖深。念用人幾易於鈞軸，而言治屢更於瑟琴。必也主興邦之言，挈衆論以歸獨；任制誰之賢，扶陽明而勝陰。即此爲身儀刑之地，孰不見聖人明白之心。端居九五位之尊，惟精以執；昭揭億兆民之表，丕見于今。是式也言其世則，毋搖異論之鼓簧；官惟民極，當立正人之砥柱。歛而獨主於常德，散則咸孚於下土。舜精以詢謀，舉世法舜；禹執而選士，萬邦則禹。非主宰其間，一者常定；則觀聽之下，式何所取。王心無爲而守，允執厥中；國人知有所矜，惟公斯溥。故曰事物均此一，蓋不出人心之理；意向無所主，其何挽天下之趨。非執中庸之兩，擇善决矣；縱立太宰之九，正民可乎。此乃正論持而私意之説破，善類主而小人之勢孤。衆議不能移，揭衆望之山斗；群邪莫能撓，示群方之範模。準之四海，治表攸立；如曰兩心，聖人則無。想謀既大同，範底庶民之叶；諒賢惟勿貳，法宜九土之敷。向使堯守此一，非詢訪之必精；湯主此一，非忠良之爲輔。則巧言與嘉謨喙喙争騁，頑童與耆德紛紛無主。何以極立烝民，新唐治之標準；表正萬邦，揭商民之規矩。惟定吾所主，罔有偏見；此自然之則，可推同宇。推純其德，儀愛作於文王；無貳爾心，法宜遵於周武。厥有太宗常謹一而心未能正，宣帝亦純一而德猶不純。所以親魏證疏魏證，邪佞易惑；信充國疑充國便宜謾陳。然且樞機品式，徒切繩下；條令格式，第嚴律民。彼識見已差，私心徒曰任己；是規矩不正，大匠亦難誨人。不見《虞書》執此以任賢，事修於府；載記行之而察邇，民證於身。噫，忠佞不兩立而佞每亂忠，正邪不同處而邪常干正。爲法之朝，凶族尚肆；爲極之世，讒言猶病。嗚呼，天地間陽一陰二，故真元會合之時少，參差不齊之時多。信抱此莫難於聖。

聖人立天地人之道

盱江黄士震

天地人異，聖明責均，道兼立於三極，功獨歸於一身。素存設教之神，出而宗主；庸建統元之理，妙矣彌綸。粤從二氣之剖分，中有兆民之生聚。非聰明之主融貫隱顯，何扶植此理流行古今。形器獨超之謂道，聖闡其機，天地且立，而況人身之爲主。觀夫智燭物表，美全性真，發揮無極之至奧，統攝有常之大倫。若曰一元剖而已露一中之妙，五氣布而遂鍾五性之民。徹上徹下，均此道體；立極立心，係于聖人。方龍位乎中，曷顯其功於培植；俾鰲分而後，各全此理之真淳。雖曰陰陽二位分作剛柔，仁義兩端根於負抱。欲扶此理於不墜，必賴吾君之有造。致《中庸》之位化育我贊，建《洪範》之疇猷爲汝保。立之斯立，非事他術，有其所有，不離此道。位居乎五，自然化化以生生；極建乎三，孰測淵淵而浩浩。厥初有道原，若隱若晦，其間無聖人，孰綱孰維。況乾坤之内非止形氣，而咸常之外初無訓彝。宜聖也心融一理之脉絡，力爲三才而主持，使日月草木正位各麗，君臣父子常經不虧。因所有者，從而立斯。形謂其誠，注請稽於康伯；理言其順，説載考於宣尼。向使氣涵混沌，泯矣機緘，民胞二五，渾然形質。立常兮太昊不作，立極兮唐堯未出，則何以象彼星辰，考彼疆域。綱而佃漁，居而宫室。使至今道脉接續於後世，皆隆古聖人主張於當日。想事修六府，蓋由夏禹之執中；言順五常，率本姚虞之惟一。果而立地之維，流峙川岳；立天之時，暑寒夏冬。教立於人，而庠序人物；敬立於人，則鄉閭禮容。散之於外，功與用著，歛而在己，聖爲道宗。不惟常叶於歲時，範由武建；豈但順言於性命，文自爻重。是何羲雖廢時，時不廢於上天；鯀雖湮水，水弗湮於本性。魯俗嗇而道於魯以無損，商風靡而道在商而以病。至是則人欲變道而道不變焉。見植立有功於上聖。

聖人順天政以全功

建安藍伯升

天意佑下，聖人立中。惟順自然之政，以全不及之功。大以冠倫，曲盡因成之理；承其示事，罔虧化育之工。混元自剖判以來，大造之主張孰是。惟實聰贊治，罔咈其意；故妙用有機，渾然此理。且天方眷聖政，實賴於輔成；使聖不順天功，欲全而何以。雖曰虎變當極，龍飛御天。然念縱以多能，正切成能之望；命其職化，盍持贊化之權。順成之道，容有未盡；運用之功，得無少偏。獨智足臨，輔相體交通之泰；真機密運，保和成美利之乾。茲蓋驗一氣推遷，予乃調元；因四時代謝，我其正閏。動則合《豫》，柔而體《晉》。是宜歲成所主，自臻日月之來往；道相其密，何有風雷之烈迅。凡是功全所未全，皆在我順其當順。出乎類拔乎萃，惟以身參；裁其道相其宜，初非私徇。乃今知皇天無私眷，所望者不淺；洪造有遺用，待人而後全。使統元于上，自成化以足矣；何承意于中，膺作君之責焉。矧聰明出任付託，與造化相爲斡璇。功存勞道，則運以無積；功在養物，則輔其自然。使其私智之少勝，寧免化工之或愆。永賴夏王，善實由於府事；亮時虞舜，齊蓋本於璇璣。思昔宅未命而曆象之數孰司，範未訪而寒燠之時不正。向非堯自天眷，武由天命，則何以功成兮形爲暘雨之證叶，功廣兮寓在星辰之時敬。故凡膺帝佑以爲君，烏可咈元工而治政。未爲魯國，嚴豐年秬黍之司；無若宋人，有終日揠苗之病。而况天君清矣，洞若心鏡；天情養矣，瞭然性真。官曰天官，謂司聽以自我；養云天養，每畏威而檢身。修之於己，既無往以無咈；以此全功，豈不成而不因。妙斡元化，用歸聖人。是則亮於其寅，抑且賴燮調之相；成而與共，又將資輔弼之臣。又當知盡順承之職，固所當爲；極全能之妙，莫名其盛。川流山峙，且叙定位；魚躍鳶飛，亦安止性。及其至也，天地官而萬物役焉，何者不歸於上聖。

聖人立天道曰陰陽

福州熊高昇

惟聖立極，曰陰與陽。此天道之形著，以吾身而主張。大矣冠倫，曷建運行之妙；言其有證，罔乖動靜之常。切原極中分造化，二氣流行；君上妙經綸，以機出入。謂代謝其間，乖戾未免，必均調自我輔成，不及天道。若難名其形象，以證而求聖人。知可驗者陰陽，曰和則立。雖曰濬哲高古，聰明繼天。探觀神之妙以設《觀》，握乾化之機而保《乾》。然念藏於無形，實發露於有形之際；化而生物，已胚胎於不物之先。矧陰陽流動，變者暫耳；必氣數斡回，道斯立焉。擬以與參，曷使有常而有序；其斯之謂，當令無伏以無愆。豈不以洪水未平，是終汨於五行；烈風弗迷，斯可齊於七政。扶持窈漠之洪造，調叶慘舒之常性。小大《象》於《泰》，成《泰》裁輔；剛順《象》於《臨》，保《臨》亨正。蓋充周宇宙，氣外無道，而綱維功用，責歸諸聖。唯發强剛毅之有執，何以建中；謂秋冬春夏之相推，必其叶令。請言夫運真機於亭毒，理氣一脉；爲元工而宗主，聖明此身。雖太極本無極，難探賾以索隱；然咎證與休證，均以形而示人。信欲盡彌綸之責，亦當回氣運之新。水火既修，時乃叶於治府；燠寒未若，我不知其叙倫。此氣之散，此道之寓，非人不成，非天不因。舜曷受謙，惟驗舜衡之日月；堯何順則，但觀堯曆之星辰。是道也，藏有於無，陰陽之妙既胚；根動於静，陰陽之端已造。使流轉如常，何待建極，然輔相或虧，能無失道。故曰有武之叙證，斯彰厥類之顯；有湯之禱旱，乃永欽崇之保。蓋因道以見道，有大植立；使外天而求天，曷明淵浩。

是則經言乎大，在春秋無紊於生成；變述其元，必水火各安於濕燥。然嘗謂理爲氣之根，同出此極；誠者大之道，反求自心。且以敘天九疇，脉絡一敬；授天四時，胚腪一欽。故疑信不同，則風大風反；而肅狂既異，則雨時雨淫。蓋踐履爲實地，感召在我；而道器非二物，維持自今。更令福善無私，君子常逢於一泰；好還有助，外夷自應於三陰。斷之曰胸中具一極，妙矣合凝；身外無餘天，隱然對越。天性静虚，真境止水；天君昭晰，靈臺霽月。然則聖人之於天道也，又自有一身之陰陽，此人道於《係辭》而亦曰。

聖人一天下財萬物

廬陵張林桂

天下至廣，聖人獨司。總大權而使一，財萬物以皆宜。稟卓冠之英姿，混同者遠；合不齊之衆類，宰制於斯。蓋聞群分類聚，必資品節之功；國異家殊，殆匪均齊之術。惟統臨爾域，不以勢隔，則劑量之權，皆由己出。且天下有群情之異，夫豈易齊；故聖人欲萬物之財，必先使一。睿哲高世，聰明御天。混六合之廣而撫御無間，齊四海之衆而總臨獨專。兹同風共貫，罔有扞格；故隨物制宜，惟無斡旋。此穆穆明明，既已合爲公之域；彼林林總總，疇非屬兼制之權。由是均調庶彙，裨遂化生。節制群品，使歸陶冶。男粟女布，商鄽農野。爾生紛錯，悉由運量之内；爾類散殊，均在通融之下。由總權御世，有以一之；故凡物得宜，無難處者。上智奄《坤》維之勢，時已同然；有生具《咸》見之情，吾能制也。請言夫物盈宇宙，未易區處；權在聖明，當嚴總持。非奄乃提封，自有使同之道；恐紛然異體，紛無可制之時。聖也壹乃衆異，混夫八維。飲食衣裳，兼制以無外；山川魚鱉，曲成而不遺。茲物情有所則矣，舉天下莫能異之。通若周王，何止飭五材之以；混如虞帝，豈徒修六府之惟。人但見土穀叙而禹俗惟和，財貨通而商民不困，則曰聖以道御，物無形遯。豈知九州攸同，均茲慕德之意；萬邦以正，共此來王之願。若綿區未有以使一，則爾物何由而制萬。壹而齊類，更符崔氏之言；達以養民，兼叶荀卿之論。又況業邁九年之進，德同萬里之來。錢可鑄矣，議深鑒於單穆；糴可平矣，法思行於李悝。可不誼明一統而更幣制立，仁同一視而賑民廩開。使人情無或異者，則物理何難制哉。將見和以統之，和可臻於利用；道而同此，道足遂於生財。其有寵物貴賤，而國力易窮；制物低昂，而民心愈屈。蓋權宜而致利，斯謂均濟；若軌異以爲同，不幾矯拂。要知聖人之一天下，未嘗强天下焉，所以能財於萬物。

聖人聽天下取諸離

信州湯一翁

聖聽天下，智周事情。無一毫之蒙蔽，取諸象之《離》明。聰足有《臨》，外達幅員之廣；理能近譬，中存利正之亨。聞之聖心無壅而不决之機，《易》象有虚則能明之理。厥初畫卦，意已先寓；自今臨政，體之可以。惟能聽也，天下之情何《遯》乎；非外取諸，胸中之明即《離》矣。雖曰中正《履》位，清明在躬，恭己南面，詢謀合宫。然而堯光所獨，何盡在於堯耳；舜智之臨，何不遺於舜聰。意者合《坤》輿之大會，而歸《離》照之中。禀淵懿以作君，萬方洞達；體正中而爲政，一理昭融。取之如何？象其麗正而履正居尊，體彼重明而嚮明御極。洞徹一性，照臨萬國。當文明之盛，如二之吉；毋向晦之終，若三之昃。欲其《隨》事以兼聽，當即《離》虚而取則。素全惟睿，達乎遐邇之間；近體於身，同此虚明之德。我聞曰天下有萬事，能聽則能斷；聖人爲一心，貴明而貴虚。使伏羲所畫，猶或昧此；縱師曠之聰，能無蔽歟。惟聖也洞一己於臨民之際，闢四門於莅事之餘。不惟麗著象日象火，奚止俯觀以佃以漁。其聽溥也，即身取諸。若曰通之，注考王生之語；如云明也，説稽孔氏之書。嘗疑之，聽非火也，且形屬火之言；聽豈衡也，至有爲衡之語。豈取其幽隱之洞照，抑取彼重輕之兼舉。當知衡司於夏，夏爲離正之地；火盛於南，南乃離明之所。苟能即此道以兼聽，可不虚其中而自處。想出征以此昭昭仁義之師，諒成化由之秩秩紀綱之序。非不知取益教天下，耒耜斫揉；取隨利天下，馬牛服乘。或舟楫取諸《涣》，濟以致遠；或書契取諸《夬》，易夫結繩。雖隆古數聖人隨所皆法，然《係辭》十三卦《離》尤首稱。因知聽政之有道，惟以虚心而後能。更令廣彼《巽》聰，庚可知於先後；抑使用夫《坎》耳，險備識於丘陵。愚嘗籌世事以參稽，鑒《易》書而審訂，明《離》當照陽精，胡至於薄蝕？重《離》用繼儲議，故爲而未定。嗚呼！今之聽天下者，又當明兩之《離》，以戒九三之《離》，庶有裨於聖聽。

聖人立人倫正情性

袁州胡宗

性本衷降，情防外移，待聖上之興也。立人倫而正之。獨抱誠明，揭以彝常之教；兩無偏詖，粹然動静之時。聞之烝民均物，雖有常心，一日廢紀綱，能無過行？惟揭之爲教，賴有元后；故發而中節，各安天命。且性本不流於物欲，易縱者情；非聖能自立於人倫，曷歸于正。觀其作以惟睿，運而乃神。爲生民立極於萬世，知名教在吾之一身。品如未遜，則五典秩禮；道或不達，則九疇敘倫。非教明于上，揭作人紀；恐情動乎中，或虧性真。藏諸用顯諸仁首明綱紀，出於理合於道悉返真淳。是正也，非拂其好惡，强加田耨之功；非外夫仁義，反有杞戕之病。統會一極，儀刑兆姓。達《中庸》道，民無不中之喜怒；原《關雎》化，《詩》有自然之吟咏。敘彝者倫，立極者聖。豈人其天，復情其性。王者方新於統理，闡作教樞；品焉雖有於上中，澄爲心鏡。大抵命兩間而謂人，均具良善；於大中以爲教，有資聖明。自君臣至夫婦，五秩是禮；無賢否與智愚，一均此生。特暫爲血氣之私己，不無賴君師之正名。三綱舉兮準繩三品之論性；五常修兮防範五綦之縱情。方其未立，何有異理；及其既正，渾然一誠。如云禀節之辭，志稽班固；若曰原明之語，疏考康衡。蓋始者友朋倫也，情亦見於友朋；父子倫也，性不知於父子。奈身不正者有所忿懥，心勿正者流於邪侈。故必有湯之修紀，則性乃可；若無舜之敘典，則情終不美。幸六君子以來，皆妙斡於風化；而五星極之建，誰不還其天理。使人皆一出於正也，則倫果何資於立耳。是則教防其爲，更資彝訓以敷之；學所以修，無賴序庠之明以。概後世《常棣》之詩廢，則兄弟珍臂；《家人》之道乖，則婦姑反脣。所以六鑿相攘，情竇皆欲；四端未達，性根豈仁。幸而宣詔人倫，情且見於導下；武紀人倫，性亦成於化民。倘非因爾極以設教，未必純乎天而不人。使禮可耕田，何至有借鋤之子；如心猶伐木，豈能無擊柱之臣。抑又聞始焉敷教，雖因禀賦之真；終也感民，又自中和而入。樂曷管情，管於長幼之分定；禮可節性，節以尊卑之序立。不然，則立人倫、正情性之論，何以發於禮樂一志焉。又見帝王之沿襲。

聖人立人倫正情性

袁州劉龍翔

惟聖立極，因人叙倫。爰正其情之發，以全此性之真。位繼《離》明，植乃典彝之教；功存《蒙》養，粹然動静之純。《烝民》均物，則曾何愚智之分；一日無綱，常《易》溺黨偏之病。惟英君扶植，自有常典，故真境渾融，略無過行。且情生於性，奈何物欲之易移？幸聖覺其天，爰立人倫而使正。妙斡道管，躬持化鈞。出爲儀表於萬世，責任經常於一身。世不可無教，則力扶五典以垂世；民未知有紀，則首植三綱而示民。非極因心，立正表於下，恐性爲情撓，拂天以人。藏諸用顯諸仁，茂宗厥典；出於理合於道，盡返乎純。正之如何，隄防六鑿，則揭天六順之修；檢束五綦，則提我五常之病。脉絡一理，範圍萬姓。成王睦族，咸遵防僞之教；商湯修己，孰越隆衷之性。蓋凡有此生，則均具此理。特暫逐於物，而正資於聖。學校以明也，何分上智以下愚；陶冶而成之，但見理融而欲凈。賦者曰情自性中來，暫爲私欲之湮汩；極非心外立，正賴聖君之發明。非禮有經訓有紀，揭示斯世；恐人勝天欲勝理，孰全此生。所幸得上智有彝常之教，用能制群心於嗜欲之萌。厚《關雎》化，正禮正義；達《中庸》道，盡明盡誠。非以天覺天，表正自我；恐因物交物，性戕者情。不然禀節之言，曷陳於固，宜爾原明之語，兼述於衡。蓋始者庭闈唯諾，父子主恩；廊廟都俞，君臣有紀。禮耕義種，發必中節；人去天全，戕無猶杞。雖厥初均善於抱負，然因物易流於邪侈。是以文后明倫，依人性以罔咈；唐帝教倫，防人情之不美。惟以身任教，君有如此；亦因心立極，吾非强以。但見遵王無惡，直形遵道之庶民；順則不知，謡沸康衢之童子。蓋曰六君子不作，教缺宗主；五皇極浸湮，人亡典彝。雖漢武紀倫，性覬民壽；而孝宣詔倫，情期下知。奈何指狗爲仙，竟陷欺君之責；侍燕作色，略無爲父之慈。豈時君無大扶植，抑爾俗强難轉移。當知一則心惟多欲，庸主性質；一則政皆雜霸，中才等夷。使君爲堯舜，有所立矣；則人盡皋夔，奚勞正之。不容色起借鋤，豈復有耨田之比；設或争興擊柱，亦尚如伐木之爲。斷之曰導之以理，既會本真；防之無教，終流私習。惟此樂以管情，殊貴賤於音律；禮以節性，下尊卑之等級。是以立人聖，人倫正，情性獨見於《禮樂志》焉，雖天地之心亦立。

聖人器禮義田人情

邵武鮑得一

人自聖覺，情防物遷。禮與義以爲器，功若農之服田。仰止聰明，兼備修陳之具；推而墾闢，伸全粹美之天。聖人念民生猶物之生，以君事體農之事，惟中節合宜，兩有治具；故養華去穢，一陶春意。人之感者，善此情，惡亦此情；田以治之，禮爲器，義復爲器。當其德禀淵懿，性全睿明，觀群心感物以隨動，念衆欲如根之易生。所以修種之柄有不種之爲種，治耕之耜雖非耕而亦耕。惟能即道器以制用，自可推農功而理情。方出以經綸其具，異斧斯之比；若勤夫疆畝於中，防綦鑿之明。兹蓋去惡無其具，則惡草滋繁；樂善有其柄，則善根毓粹。當陳此以後種，肯舍之而不治。接其生者芟夷物，交物之害；理而動者培養天，其天之利。俾群然不縱於情欲，所恃者可操之禮義。修茲柄叙，有秦穫漢臿之功；明彼始終，若夏甸商郊之地。嘗謂器者農之資，難缺於耕耘之日；理爲欲之對，當明於界限之時。况如周生穀，期既碩以既阜；豈謂粵無鎛，可乃畬而乃菑。必也因群情而耕種，隱然有農畝之鎡基。約如弗畔，在在興遜；舍異不芸，生生務滋。信有間器與能之理，乃無《甫田》維莠之詩。記考戴生，修達兼云於實也；注詳鄭氏，剛柔亦謂於和其。亦由夫根陰根陽，情涵未發之初；生動生静，情露方萌之始。人心自可制物，人欲豈能勝理。奈愚者縱其情，田甚稊稗；昧者蔽其情，田誰耘耔。我得不器藏於禮，探彼禮節；器安於義，勃然義起。但令耕方寸之地焉，皆可囿道中之春矣。想見而用此，依然成后之載芟；諒緣以制之，是亦夏王之操耜。或者曰悦義如悦芻，人所同得；有禮猶有蘖，人誰不知。觀民情不莠於欲，意君上果農所爲。何植杖而芸，義弗容廢；何借鋤而慮，禮終可維。嗟世道荒蕪，天者自若；亦性善本根，人皆有之。倘曰下通，焉用並耕於許子；未知上好，固宜學稼於樊遲。抑又聞防民甚防物之荆榛，治己即治人之根抵。耳管弦之器，當剔蠹於聲色；目樽罍之器，盍去蟊於酒醴。夫惟不舍己之田而耘人之田，始可制情於義禮。

聖人理財正辭曰義

建安鄭大年

惟聖知本，理財有辭。必曰義以斯正，豈罔民之可爲。全夫致利之能，言奚自順；斷以合宜之謂，道貴由斯。大凡利公天下，舍道則私；事當人心，於言無愧。非取之有制，動合乎順。縱巧於爲説，用何以致？財者末也，詎容理此以無辭；聖曰非它，不過正之而以義。觀夫備物之用，使民以宜處事；合名言之順，示人無毫髮之欺。意謂九式非過取，捨周令則爲過；六府豈私用，外《禹謨》而必私。使辭不正辭，於義悖矣。是利以爲利，强民取之。每思守位以聚人，言焉曷當；要必度宜而制事，在審其惟。是辭也名之以助徹，名有定名；令之以貢賦，令無舛令。非利一己，以愚百姓。貨云其聚，立於大《易》之道；用言其足，宜以《中庸》之政。苟違其義以過求，吾恐其辭之非正。且權低昂，制輕重，蓋有名存；必立可否，明是非，不爲私病。吾故曰利自義中來，舍義則非利。財之名不正，何名而取財。生之有道，則圜府龜具；取之無藝，則鉅橋鹿臺。吾非巧其説以聚斂，不過公此心而剸裁。貢無横取，任土九貢；材不妄費，用天五材。辭不正也，義安在哉。係載考於宣尼，非言以禁；史更稽於班固，道謂能開。何聖人錢穀未嘗問藏有富於縣都，鹽鐵未嘗議去其征於關市，不區區乎頭會之令下，不屑屑乎口錢之筭起。蓋曰以太宰計財用，自足邦賦；捨《大學》言財利，是無天理。有義制之正辭，在此不見。誥言貨殖，皆云本務於商王；詩咏阜民，蓋謂由行於虞氏。或者議更幣以贍財，何漢倍之虚，耗税畝以斂財，何唐民之怨。咨税畝不義也，筭至丁口；更幣非義也，創爲績皮。所以輪臺雖有詔，覺則已晚；奉天非無制，悔其可追。嗟理財於初，念不到此；縱正辭於後，終難反而。甚而間架之令行，諫焉不用；至若舟車之筭及，仁亦徒施。又當知羨餘言售，以味翠之費奢；會斂説行，自泥沙之用侈。故古者匪頒有式，謹德所致；貨利不殖，制心而已。使徒知理財之有義，而不知節財，又今之第一義焉，人亦有辭於我矣。

聖人理財正辭曰義

建府陳世延

惟聖裕國，理財正辭，非容心於過取，蓋曰義以無私。躬全致利之能，言何以順道；本得宜之，謂事審當爲。蓋聞取民之制，烏可無名；有道之君，未嘗規利。凡源源致用，一出公是；亦事事合宜，了無私意。今日雖理財之當急，必也正辭；聖人不任智以强求，亦惟曰義。觀其設教體《觀》，向明繼《離》，念邦家雖生計之當裕，然政令豈吾民之可欺。所以均周之用，昭明周式之六典；阜虞之民，洞達虞弦之一詩。曉然使天下以知此，不過自義中而得之。仰明君之不害不傷，言皆當矣；亦大道之無偏無陂，宜務行而。蓋曰見得而思，則令必當情；先利而後，則言皆悖理。有定論在，自公心始。足用數言，根《中庸》爲天之道；聚人等語，本大《易》禁非之旨。信知行義，所利博哉；是言財，其辭曲矣。履兹五位，阜殷寓《巽》令之公；蔽以一言，揆度得《坤》方美[一]。吾故曰財散於天下，御以術則非正；言合乎人情，必所行之得宜。以道而生，無劉鞭桑計之功取；恐語人有愧，縱湯誥堯言而亦疑。此聖知邦計之從出，故凡事揆時宜而後施。農桑非强，致行道攸始；食貨豈求，遵王所基。未嘗舍義，惟利是徇。以此爲辭，其公可知。想明若武王八政，言用農之次；諒行如舜帝九功，歌生厘之惟。何古者漁鹽可議也，議不及於漁鹽；關市不可征也，征不行於關市。《豳詩》八章，無强取之桑穀；《禹貢》一書，蔑過求之絲枲。亦曰生財無非道義所當，好得財亦有政義焉。必以使私者勝，公者泯，妄有所取；恐名不正，言不順，皆從此起。所理無它，曰公而已。仁如有矣，國奚粱室之征；道未至於，畝謾魯人之履。自取民以義，既遠隆古，而舍道言利，浸形後來。更鑄之令下，爲漢民害；搜借之説進，開唐利媒。幸而陸宣公百奏，言言征歛之大慘；賈少年一疏，懇懇公私之可哀。嗟我家大計，幾爲私懷；幸公議一脉，力爲挽回。苟務明義，何難理財。既唐太行仁運漕，奚言於關内；如武皇多欲耗虚，徒嘆於輪臺。斷之曰利以義則公，不以義則私；財因人而理，亦因人而病。信一張湯，巧興籠鐵之議；用一宇文，妄出括田之令。是必去《大學》小人務財之害，而後可以行《係辭》理財正辭之言。正人進，則辭無不正。

〔一〕「方」下當補一「之」字。

聖人仁守位財聚人

三山謝拱父

權總上下，德歸聖神。仁素《履》以守位，財必《豐》而聚人。智足有《臨》，望素孚於當世；寬能凝《鼎》，利兼萃於《生民》。蓋聞群生每安於富足之天，神器要必有維持之地。何統傳于上，衆戴于下。意命眷者德，民趨者利。且體元作聖，深思奚道以經邦；非曰仁與財，何以聚人而守位。雖曰鳳曆光啓，鴻圖肇新。星聯億兆之赤子，天拱九重之紫宸。然念大寶龍飛，曷永《乾》符之握；萬民雁集，當思《離》散之因。必養生厚下，因被之利；而祈天永命，推吾此仁。絶類離倫，爲帝眷民心之所屬；保邦蓄衆，在貨泉德澤之咸均。想其基圖千載而睿澤綿洪，烟火萬里而利源蕃裕。世世燕翼，元元蟻慕。豐水烝哉，鄗邑鼎定；南風阜兮，鄧墟民聚。非吾仁天覆，爾利泉衍；何生齒日繁，扆居山固。有容乃大，聰明新南面之臨；宜在其高，招集異東吴之鑄。請言夫皇家有憑藉，雖萬世以可保；民生苟困乏，曾一朝之莫支。舜由仁義，曆數在爾；禹底財賦，謳歌者之。今此寬恕襲家傳之法，農桑富日用之資。騶虞被矣，八百載之過歷；鹿臺散矣，三千臣之會師。信知德盛則祚永，未有財豐而衆離。大曰寶，大曰生，請考《係辭》之語；有斯富，有斯貴，更稽范史之辭。人徒見七十翁嬉戲，漢俗相安；三十世流傳，周基寖久。豈斯民烏合之偶爾，抑累代鴻休之私受。當知綿綿忠厚，仁本世積；在在富庶，財猶貫朽。信人惟蒙利，人乃可聚；而位匪有德，位何長守。想永兹天禄，自九功惟叙之時；諒會彼大家，乃圜法既流之後。彼有商鼎將遷，猶濫忠良之戮；漢户已耗，且寵商賈之財。或竹木有征，啓亂卒之憤氣；或鞭笞肆虐，速再傳之禍胎。嗟！竭民膏血，爲利而已；而戕國命脉，豈仁也哉！盍思夫約法三章，都永長安之地；賜分百餘萬，聲傳魏博之雷。抑聞之，上惟有德，於利必輕；后欲守邦，非民罔與。孝文崇義，始除盜鑄之禁；武帝多欲，乃有筭緡之舉。是知聚人正所以守位，散財正所以爲仁，故首述曰仁之一語。

聖人觀會通行典禮

三山羅世英

惟聖制作，觀時會通。行典禮於天下，皆源流於《易》中。智足以臨，默察卒亨之治；制斯可舉，大哉秩序之功。聖人用《易》以乘時，審權而達體。凡熙朝顯設，其制特盛，亦休運亨嘉，自今以啓。觀四海適會通之日，寢底文明；非一人得參酌之宜，曷行典禮。神武間出，聰明挺生。以大《易》周流之義，察斯民和洽之情。睹變化之《乾》，則可見《乾》合；考往來之《泰》，則始知《泰》亨。此休期自克罕遇，宜盛制于今可行。誠明素抱於宸躬，亨而復合；經制特因於世道，大以兼明。蓋曰民情既達，防民之政可施；治道少睽，飾治之功莫顯。心與《易》以爲用，治《隨》宜而後闡。維多維有，三嘆備物；我享我將，載歌式典。非當時强是制以修舉，由聖意察其時而運轉。存神索至，識混融洞達之機；創制辨儀，極顯飾修爲之善。請言夫世道升降，即《易》可見；治具修明，惟時是因。戰爭何代，典且見魯；倥傯何日，禮猶撫秦。矧當盛世以飾治，盍闡彌文而示人。順而通財，始可祭蜡；遵而會極，乃能叙倫。信觀時察變，皆得於《易》見；行典與禮，初非强民。用曰適時，注考韓生之述；象言見賾，辭稽孔氏之陳。是何秩宗所掌，不言於司空平土之先；宗伯所職，必係於冢宰佐王之命。蓋四海未會同，何有實直；萬民既通阜，乃知遜敬。斯時苟未極乎治，是制亦難施於聖。朝來萬國，議容瞻玉帛之新；道啓八鑾，文物睹衣裳之盛。又況明繼《豐》照，位新《履》端。輿地再恢，父老霓望；璽書一至，氈裘膽寒。於是辟雍修學，新樂有紀；祖廟致享，慈闈問安。惟聖心於《易》有得，故治典仕人可觀。踵虞朝成聚之時，五庸於我；邁周室用享之日，六建其官。抑又聞儀之大備，多生平定之時；世不如古，罕遇亨嘉之會。《困》非通也，何用祀之義亦取；《渙》非會也，何假廟之儀猶賴。要知會通時也，若典禮其可一日而不明，觀變之功其大。

聖人立中道以示後

盱江余子敬

道統之正，聖心所傳。立大中而有地，示我後以皆天。夙稱至美之官，極公所建；用啓遺仁之世，覺以其先。切原嗣王果執開心悟之機，皇極所以爲家傳之寶。植其大本，即此默會。啓予繼世，俾之能保。聖貽乎後，契其天以覺其天；躬立厥中，示此道當傳此道。大以能化，得於不思。念大原自無極以有極，欲正統由今時而異時。惟精惟一，開明心上之精一；是訓是彝，扶植性中之訓彝。此立之斯立，聖聖傳是；而覺。其後覺，天天契之。聰明足以有《臨》，不偏所建；啓佑正而罔缺，如指諸斯。示者何心而允執，俾心領以誠乎。言不可開，非言傳而面受。培植者正，會歸其有。武作汝極，將開述養之主；湯建其大，正啓思庸之后。即其中以立其心，非吾道曷傳吾後。且蕩蕩無名也，允植惟微；非諄諄然命之，俾臻長守。賦者曰中其不中，道在方寸；示非真示，聖貽後人。況吾心一太極，先得古今之正；豈家法畀嗣王，不開知覺之真。故此有所謂家傳之脉絡，得之於心上之經綸。大而垂世，欲垂統之可繼；妙以傳心，冀傳家之克遵。即此授受，爾其率循，世以裕焉。請考《商書》之語，教云爲也；載稽柳子之陳，蓋中道也。同於羲文，首探本原；傳於堯舜，已存根抵。上古以來，至于中古之世，先天之奥發作，後天之體所以。周王建中，克開遠酌之成后；大禹執中，用迪敬承之夏啓。道吾謂道，接此續續；心以示心，承之遞遞。奚必則思貽厥，出猶及於遺仁；德以垂焉，教抑由於修禮。又聞之，道垂萬世，心之妙固盡；道貫三才，聖之功亦深。康衢童子，泯若知識；王路庶民，誰其比淫。天得天之中，閏正歷數；地有地之中，疇分土金。以人傳道，豈惟一統之示後；建中于民，復爲兩間而立心。但令正則是遵，錫咸敷於五福；毋使極惟既弱，罰自見於常陰。終之曰立心傳後，固妙流通；立賢輔後，乃能負荷。今也誨而求道，伊尹訓己；開以諭道，周公啓我。然則聖人之示後也，既有《洪範》建極之道，又不可無『豐水有芑』之仁，《離》之非可。

聖人辨上下定民志

三山蔡惟和

上下辨等，聖明有功。正人倫而在我，定民志以歸中。稟獨智以無爲，尊卑既別；安群心而丕應，趨向皆同。聞之高卑既判，有禮者存；等級雖嚴，至中而止。非吾君一正於名分，恐人欲易虧乎天理。自古立常經於上下，聖則辨之；使民遵皇極之訓彝，志斯定矣。觀夫德仰《離》照，命疑《鼎》新。任君師之責以立極，揭天地之經而示人。世未知慈孝，則父子有等；俗未識尊卑，則君臣叙倫。倘不有會歸之道，恐皆爲陵僭之民。仰惟睿主之天臨，等差不紊；至使懦夫之風立，習俗皆醇。是民也一聞作極，念無反側之私；一沐綏猷，性蔑滔淫之有。明大分以昭示，挈群情而歸厚。使富貴而僭者，無失所好；使貧賤不攝者，愈堅其守。蓋限則以中，導則以禮。見定之者民，辨之者后。自聰有臨，剛有執，然後正名；雖老益壯，窮益堅，斷無罹咎。吾知夫是禮各有中，中非禮之外。物咈天以勝人，人與天而兩岐。况等衰之別，物且然爾；而辭遜之心，人皆有之。惟明君既立於常制，則爾衆孰從於匪彝。堂陛勢嚴，斷無逆命之臣子；首足分存，果見傾心於外夷。蓋此志可移，此理難泯。故其極一建，其民已隨。成后正儀禮，備陳於以道；姚虞徽典書，具述於惟熙。思昔爪剛力扶，久矣相陵；抔飯污樽，混然同體。聖乃辨上下之位，而位序各正；辨上下之儀，而儀文寖啓。所以五極一敷，志曷敢越；禹疇一叙，志皆丕傒。非中在天地間，揭立自我；則人特禽獸耳，其誰知禮。想富貧異制，人自別於嫌微；諒兄弟有倫，下亦流於愷悌。故嘗謂分義未明，則辨之用乃著；小大未一，則定之功有餘。向使衆志俱若蒙童之日，蒸民常如泰古之初，則何必辨等立教，定親與疏。恐中道晦冥，轉人欲以滋甚；此天常宗主，賴聖君之責歟。果而安民考《戴記》之言，思云敬若；爲教述班生云語，心謂防於。果而安民考戴記之言思云；敬若爲教，述班生之語，心謂防於。矧今東朝展慶，上承慈極之尊；后册告成，下迪民彝之大。宜夫叶周至治，定鼎郟鄏；頌唐中興，定功淮蔡。愚何幸親逢建極之君，而身爲極中之民，孰敢越禮門之外。

聖人輔萬物之自然

三山李守正

物以類聚，功由聖全。輔萬有以咸若，本一真之自然。屏乃多能，静處不爲之地；贊夫庶彙，俾安固有之天。一原肇自有初，萬象紛乎同宇。惟相之以道，無事於矯拂；故聽彼成形，各安於生聚。爾物不傷而不害，是謂自然；聖人何慮以何思，克全所輔。睿智素禀，聰明夙資。意其運智以酬酢，而乃存神於靖夷。若曰好順惡逆，天理素定；揉曲以直，仁人不爲。有道相爾，無心處之。九重正龍德之中，神功俱泯；庶類極魚麗之盛，帝力何知。是輔也，贊其化於中庸能盡之時，想其宜於泰道交通之地。若爾常性，非吾私意。鳶飛魚躍，順飛躍之妙理；蠖屈蛇伸，於爾類贊成。一付於本然。生育孰知其所自，《臨》也而有執也，穆穆何爲；翼之而使得之，生生各遂。吾知夫大造無全功，有賴乎聖；凡物具成理，毋參以人。禹何心於水，以水用智；舜何意於風，因風阜民。今此昆蟲草木順彼之順，丘陵川澤因其所因，苟涉人爲之累，恐虧天理之真。又何事焉，請考《淮南》之述；不敢爲也，更稽《老子》之陳。乃若物言以御，尚勞駕馭之權；物謂之財，未免剸裁之力。揠苗助長，至勤終日之揠；刻楮求工，徒費三年之刻。與其徇所欲以求逞，孰若輔其宜而自得。順如堯帝無爲，果見於垂衣；理若文王不識，但聞於順則。嘗論夫古者數聖人利及天下，畫前十三卦理該《係辭》。斫耒揉木，蓋取諸《益》；服牛乘馬，所因者《隨》。或刳剡以體《涣》，或佃漁而仿《離》，蓋當然而然，靡强然爾。故因利而利，疇非利而不見。《月令》著篇，有傷卵覆巢之戒；《豳風》播咏，歌烹葵剥棗之詩。抑又聞智巧不鑿，自今生意之全；機械少明，未免人爲之病。苟不誠無物，則經綸辜一世之望；必至誠盡物，則發育遂群生之性。此天地位，萬物育，子思子必本之以誠，見輔相有功於上聖。

聖人法天而立道

三山曹雲之

太極奠位，聖人法天。探其原之自出，立是道以相傳。禀睿智以端臨，心寧過用；憲聰明而茂建，理本無偏。夫惟神心契元化之機，皇極據域中之寶。謂開闢之初，已具成理；故扶植於上，必參大造。推睿作聖，任兩間宗主之權；觀法於天，立萬世綱常之道。大以能化，得於不思。念正統之傳，雖自我以親授；而大原所出，自厥初而已基。在天有可法者，是道夫何遠，而共己而治，何爲哉？密庸神化，順帝之則，莫匪爾揭作民彝。豈不以曰陰曰陽，即仁義之端；一冬一夏，亦德刑之政。可不仰以從事，承而順命，則稽如堯，揭爲堯極之大；面若於禹，建作禹疇之正。立之斯立，無一非道；法所當法，奚矜於聖。尊而居上，存何思何慮之誠；承以建中，無不植不修之病。大抵道在極之先，正賴扶持之力；聖爲道之主，當明法象之因。況三才並位，皆通貫於一理；而萬古常經，實綱維於此身。我得不揭是彝之正直，參洪造以彌綸。盡贊化之誠，因以修教；體錫範之意，爲之叙倫。信乃聖之立道，純乎天而不人。武王順有顯之常，極敷是訓；湯后奉無私之德，建中于民。試觀夫天道寓春秋，則主殺主生；天道在陰陽，則一噓一吸。道運於天，而叶四序之來往；道顯於天，而妙三光之出入。信厥初位，奠於是理以已具；豈惟聖時，憲或私心而强立。施而博愛，策兼述於董生；位自致中，訓亦陳於孔伋。吾乃知鰲極未分，象數猶隱；馬圖既出，機緘可推。所以令發風行之《渙》，化成日麗之《離》。道濟於《謙》，則禮以《謙》制；道神於《觀》，則教由《觀》施。觀先天成理，自《易》而闡；見作《易》聖人，因天所爲。立者卓爾，疇非會其。抑見統御於《乾》，變化合乾和之保；交通以《泰》，裁成叶泰長之宜。又當知探無極之初者，但見混融；泥有形之末者，不幾淺狹。今也不識不知，泯若言意；無聲無臭，隱然象法。故曰：聖法天，天法道，道法自然。見運用之功不乏。

聖人輔萬物之自然

廬陵張壽父

聖所謂道，天而不人，非强輔於萬物，本自然之一真。據五位以尊臨，澹無所欲；相群生之固有，罔咈其因。大凡有生性所性，順適其真；上聖天其天，因成而已。運量於中，不有陰相；靡刃於下，殆幾巧使。萬物林然生也，曷遂其宜；一人因而輔之，自然之理。雖曰教化我職，裁成我司，然而擾擾之中，虞舜以静；安安之外，唐堯不知。兹利因所利，利豈强者；見輔不求輔，輔斯得其。聰明冠乎群倫，寂然静處；品彙付之一順，相以無私。想其贊其化於《中庸》能盡之時，相其道於《泰》卦交通之義，蓋有常性，豈容私意。昆蟲草木，各順天理；穀粟桑麻，皆因地利。信知物生，各遂真機。智者安行無事，盛矣蔑加矣，無一毫有拂其間；相之使得之，彼萬彙莫知所自。言之曰隨方而散聚，物理素定；任智以攖拂，聖人不爲。况乾父坤母，能生不能教；人君宗子，任真非任私。特因功用之不及，所以裁成之有資。不惟舟楫，蓋取諸《涣》，雖至罔罟，所因者《離》，皆天然之理。如是，豈蔽者所能輔之。何所事焉，請考《淮南》之語；不敢爲也，更稽老氏之辭。吾故曰禹治水矣，不能强之西流；稷播穀矣，不能使之冬殖。麟自遊，鳳自至，成后何意；鳶自飛，魚自躍，文王何力。蓋物有生有長，其理順適，特天不人不因資予輔翼，相以自然，宜其各得。綵花徒剪，甚哉隋氏之奢；玉楮求工，陋矣宋人之刻。然論之，烏鵲可窺也，卵翼非我；草木可識也，勾萌者天。自動自植，自生自全，奈何穿牛絡馬；天者人矣，續鳬斷鶴，情其性焉。嗟，過爲知巧，大率求助，故未能輔相，已虧自然。甚至機心見而鷗亦疑，且驚于海；安得至誠著而魚可察，咸躍于淵。噫，畫蛇者適以自戕，象龍者果將安補。故此力非我有，耕鑿咸遂，則惟順帝識知，何取至此。又所謂聖人觀天而不助焉，何所自，亦何所輔。

聖人見道知治象

京庠黃愷翁

聖與人異，治因類推。道於中而有見，象非外以能知。躬全上智之資，理觀其賾；足驗當今之政，形著於斯。聖人萃幽明之責以在躬，於形器之中而察理。元化運行，洞洞無隱；王政著驗，昭昭可指。是道自斷鰲之既判，類實彰焉；雖治非有象之可名，見而知此。觀夫明足高世，哲能識微，身爲三極之宗主，用合兩間而範圍。察《乾》之化，得雨施雲行之妙；驗《泰》之交，悟陰消陽長之機。蓋象中有道，隱者實顯；如道外求象，岐之則非。眇躬中立以成能，理窮至奥；庶政足知其有兆，應豈相違。豈不以若常若時，證闕狂肅之殊；一凶一吉，影有惠從之異。彼有所擊，此其如示。睹舜玉衡，即舜欽典；觀周土圭，乃周布治。信形上形下，其本則一；豈曰道曰象，可分而二。穆若岩廊之高拱，燭理惟精；瞭如都鄙之所觀，求端有自。請言夫象著於有形，乃造化之至顯；人惟不見道，判幽明而異觀。故板蕩證形，川沸雷震；優游害著，日青夏寒。苟不有聖人之識，其誰窺元化之端。玉燭既調，民想影附，泰階苟平，國如石磐。非因此以有見，欲知之而實難。仲舒述陽德之居，教明所任；翼奉論天心之敬，言取其安。胡不觀雷者君之象，出地震驚；雲者民之象，隨方隱見。蒼龍象物，次則在野；太白象丘，義焉主戰。凡著而成形，治所由出，非明其爲道，視猶不見。當使興言其有，重暉開晉室之符；毋令平謂之無，甘露召唐家之變。自古人稽驗之意失，而後世步占之説乘。一權畀之。用止昏火，一宮室之過，指爲木水。甚至以天戒驗，朝鮮（原缺）星占燕運之興，雖某證應，其事固已幸。然一象（原缺）能僅見夫賦斂重增，谷永著日星之變，讒邪（原缺）水之騰。又當知至治證應，固以象求。聖心（原缺）日月照臨，即吾大《易》之常久；河海流轉，亦我（原缺）則聖人觀象，亦不過求諸吾身之天地焉。以（原缺）

聖人見道知治象

三山陳堯章

（原缺）類推，知治象之攸驗，見化工之所爲。仰以嚮（原缺）出，驗諸爲政，有成法之昭垂。聞之聖心體（原缺）天理與人事，相爲形見，著而在上，自可稽驗。（原缺）運轉，粤自極鰲之既判，於道已存；欲知治象之昭如，觀天則見。觀夫大以能化，得於不思。窺鼓籥於左旋之際，睹光明於下濟之時。風雨霜露，此教謂至；春秋陰陽，其端可窺。觀彼之形，知此之象，苟無所見，果何所知。惟聰明之至，爲能求端於上；於恍惚之中，自有觀政于兹。想其睹風行於《涣》，而彰《涣》之言；觀天健於《乾》，而正《乾》之事。鑒實不遠，于因以視。是宜月因其和，則挾日觀法；曆得其欽，則授時敬致。惟有形於上，有象於下，故在天爲道，在君爲治。且乃神乃文而乃武，識彼自然；凡布政布教而布刑，昭乎如示。大抵天以道而示，惟聖可見；治者道之形，自初已基。昔太極渾淪，此道泯矣；迨三才剖判，聖人則之。今此躬接原天之統，面稽上帝之咨。雲漢昭回，號令隨著，雷霆震動，刑威迭施，道實在是，象因寓斯。若曰定時，策考翼生之對；如云改政，注稽師古之辭。向使《河圖》未出，道實隱於先天；《洛書》未訪，道不知其大寶。則何以食貨有條，疇布於周武；天澤皆禮，爻分於太昊。信昭則自天，見則自聖，法之爲象，體之爲道。法時布政，魏旌六典之昭；設教盡神，觀體六爻之造。又況皇極象天，以理垂世；王畿象曰，求中立規。作服象日月，立以爲式；制禮象天地，從而卞儀。則知象之所形，皆道著驗；聖其有作，因天轉移。承於王者，任德刑政端云爾；措之天下，謂事業自上形而。故曰天不愛道，方示於人；聖不秘道，復陳於象。法垂治象，政以昭布；民觀治象，人知歸往。則知天以道覺聖人，聖人復以道曉斯世焉。道無二，心無兩。

聖人五行以爲質

撫州吴南一

惟聖察治，以天驗人。行即五以爲質，事可參於在身。挺卓爾之聰明，行虞或闕；取自然之形氣，證審相因。聞之顯幽雖爲迹之殊，感召皆自身而出，非參諸證應以驗休咎，則凡所云爲曷知得失。天以五行而密運，可探其端；聖期一己之盡純，以爲之質。位始光《履》，明方繼《離》，足以《臨》也，大而化之。雖天不求知，但惟吾事之盡善，然事恐未善，必驗諸天，而后知所以質彼之證，正吾所爲。粹然龍德之正中，常虞有過；參彼龜疇之初一，益信於斯。豈非哲謀既作，則火時燠，水時寒；肅乂不明，則金常暘，木常雨。思必曰睿，風斯叶于，可不觀得性失性而相彼内致，驗休證咎證而察其所主。五如皆順，行罔缺一，一有錯行，事當正五。抱此誠明之正，躬欲無虧；觀諸運轉之機，證皆可睹。大抵吾身視造物雖若有間，天理與人事感之必隨。觀雨若時，斯袁在躬之敬；因風有變，始知措慮之疑。顯然在彼之證驗，可以推吾之設施。曰從革曰爰稼，則乂作以睿作；不炎上不潤下，是智虧而禮虧。質不此取，類何以推。禹若稽天，必稽自汩陳之后；舜如審己，亦審於允治之時。思昔以湯之齊聖，而七載流金；以堯之神聖，而九年洚水。豈躬行或有闕者，而天變胡爲至此。然儆予一意，堯即悟於方割；罪己數辭，湯歷原其何以。即當時之事觀之，則爲質之言驗矣。所以地平之效，功底允成。不然，雨至之祥，言猶未已。乃若五味爲質，而調和之理寓；五色爲質，而彰施之意明。然作鹹作辛，不出水金之類；以黄以圜，時殊火土之名。信散焉皆係於庶事，而何者不關於五行。可不察（原缺）妙驗，吾修省之誠，是宜兼復也之言，經垂戴（原缺）然之證，志述班生。又當知士居於五，默（原缺）蒽曰以五，實主彼貌言聽視，苟參求或（原缺）乖其次。然則所謂爲質者，又當考察（原缺）揆五事（原缺）

聖人以日星爲紀

三山藍謙甫

（原缺）聖人以日星而爲紀，擬天地以參身。仰惟實（原缺）統理，法彼秉陽之曜庸經綸。蓋聞見道知（原缺）察時自乾文而始。仰而觀象，軌度可考；俯以立事，綱維在是。雖神聖繼《離》明而治，必也求端；謂日星有常度者存，以之爲紀。觀其濬哲素禀，聰明夙資。道可貫於三極，誠必參乎兩儀。熙舜之績，且汲汲於齊政；舉堯之綱，猶拳拳於受時。皆所以觀象而治，承天所爲。剛有執，智有臨，步占敢忽；夜以觀，晝以察，經理由基。兹蓋一周三百餘度，而靈曜弗違；五佐二十八宿，而常經自正。秩若有序，迄無舛令。是宜地自我明，而隨分盡地；政自我修，而以中考政。使輝煌咸炳於列曜，見統紀有資於上聖。作謀作哲，運《乾》旋《坤》轉之機；有列有明，蔑《涣》散乖《睽》之病。大抵厥初開太極，固有法以有象；其間非聖人，果孰綱而孰維。月何關於量，而月以量取；時何預於柄，而時因柄移。況此太平之休運叶應，圓極之祥光陸離，昏婁宿旦，軫宿而乃别季仲；春暘谷秋，昧谷而遂分析夷。紀者理也，則何遠而。疏考孔生，備述授時之語；記稽戴氏，兼陳作則之辭。古者人時之授，必謹占星；王畿之廣，亦惟象日。或炎帝司之，星屬婺女；或太皞掌之，日行營室。凡六爲舉動，皆本造化，豈總攝綱維，不由平秩。倘依於斗定，更稽斗建之移；如著在月窮，亦考月行之疾。因知民間暇而日有化日，德昭明而星云景星。重暈重輪，有曜皆顯；同色同晷，流光自形。信象非偶者，紀不偶叶，而彼既效驗，斯焉效靈。鄧平雖驗於初躔，弟施於曆；賈誼計言於必善，請念乎經。雖然爲君法天，固自我之當然；立經陳紀，尤在君而必以。故中和之紀，樂自此作；賞罰之紀，國因以理。然則聖人以天文爲記，而不忘人紀之修，豈正日星而已矣。

聖人以日星爲紀

隆興梁崧老

治象開《泰》，聖人法《乾》。以日星而爲紀，於朝夕以皆天。稟聰哲以在躬，居常惕若；即暉光而作則，叶用昭然。蓋聞造化常經，有法者存；帝王此身，與天則一。仰觀于上，躔次不紊；俯驗諸躬，綱維自出。聖惟内省，于其天不于其人；紀匪外爲，以是星而以是日。雖曰睿哲高古，聰明冠倫，理精而世故已熟，天定而本真益純。然念出以視朝，莫難運陽明之德；入而向晦，恐易移夜氣之真。必以日星之成象，用而綱紀於吾身。全實聰實睿之資，大其運量；觀有列有明之象，法以經綸。豈不以晝經之秩，皆我經常；斗綱之建，即吾綱理。履行純粹，乾文表裏。武何所用，因五叶以建極；舜不必設，由七政而審己。垂象于上，有紀在焉；取法以還，與天一耳。足以臨也，毫釐絲忽之敢欺；則而象之，璇玉璣衡之察以。請言夫無一息不運者，《乾》象昭著；與大造相維者，聖人所爲。况陽動陰静，闔闢一理，而夜息晝梏，存亡兩岐，必以在天之躔度，推而作我之綱維。羲轡朝騰，則政轡有執；玉繩夜轉，則聽繩不欺。天則如此，聖人以之。想敬以授時，維乃參於堯帝；諒仰而觀象，繩遂結於包犧。蓋聖人一日之次，混融乎《洪範》睿思；一星之係，貫徹乎《中庸》性命。日叶日之時，脉絡作哲；星齊星之文，源流察政。觀吾躬一太極，本自相貫，然天君於列象，尤嚴取正。則知參彼以驗此，所謂觀天而見聖。切想夫夙興惟統，光瞻犧馭之升；夜半論經，輝挹奎躔之映。然嘗論欲波不流，豈召飛流之異；性天（原缺）真薄蝕之。因艷煽昏，吾紀微則見；卯淫滷亂，吾紀（原缺）故必戒小星之寵，陰屏女謁；揭皎之照，冰消佞臣。信變者在彼，常者在我，而儆之自天。回（原缺）吾王祥一正漢綱之大；暈重闡瑞，再開晉（原缺）曰天文萬變，足驗人文；身法一脉，尤關家（原缺）星輝聯群象之著，光符重日，瑞絢五龍之（原缺）星，近則爲一身之紀，遠則爲萬世之（原缺）治。

聖人以日星爲紀

隆興路萬里

（原缺）日星而爲紀，凡朝夕以皆天，獨稟實（原缺）成象，作經理以繩。然聖人極中動（原缺）與天終始，參諸晝夜，炳炳垂象，作我（原缺）之紀非器數，當正所爲。謂乾文之運有日星，云胡不（原缺）夫大矣經範，至哉盡倫。性内參兩儀之運，胸中一太極之真。天光發越，萬物仰照；德性昭融，千官拱辰。然猶觀象以爲紀，式表存誠而律身。此清其君，正其官，猶懷兢惕；彼昱乎晝，見乎夜，用作經綸。蓋曰統非由理，取辰統之相維；經非以法，有天經之毋失。乾行軌度之一定，人事準繩之自出。武疇何以叶曆用其五，舜經何以有政齊者七。紀焉綱理之有常，天者流行之則一。德全内抱，心淵湛若以無私；象取陽垂，身法因之而有秩。大抵運行同此極，觀天象以可見；絶續間其心，非聖人之所爲。况百爲錯綜，豈容泛若以無統；而萬變往來，方且紛乎其理絲。必吾身有法以主是，此上聖以天而處之。審己察其文，德晷常運；視朝必於朝，聽繩焕垂。有所謂自然之則，得之於取法之時。想人由湯后之修，德新以又；諒天自有態之順，曆考而知。蓋始者一極胚脾，同是真機；五行凝合，各全正性。陽德舒明，德中自有靈耀；神心經緯，心外本無天政。奈何智者鑿其天，適貽紛錯之患；昏者悖其真，終昧操持之柄。彼謬迷失統，自外元化；此終始憲天，獨歸至聖。豈但統惟萬事，辰知天統之同；不惟綱彼四方，衡取年綱之正。抑嘗謂日星天之綱，固取經常之義；日星陽之類，當明法象之因。可不嚴太陽之尊，而體統不紊；儼皇極之居，而權綱一新。毋日中見昧，而昏蔽於外寵；毋星微主譏，而斜紛於小人。蓋在天垂象，正以純剛之力；而貴陽賤陰，又其定紀之陳。又豈止正統莫干，共仰大明之光耀；改權獨總，咸瞻太一之威神。是何日存定晷而或蔀陽精，星有常躔而或差曆法。豈未離乎氣，寧免差忒；苟取必於天，得無玩狎。要知有時而或紊者，日星之紀；無時而不形者，聖人之紀焉。足想明時之道治

附録

四庫全書總目·大全賦會

《大全賦會》五十卷。永樂大典本。

不著編輯者名氏，皆南宋程試之文。案宋禮部科舉條例，凡賦限三百六十字以上成。其官韻八字，一平一仄相間，即依次用；若官韻八字平仄不相間，即不依次用。其違式不考之目，有詩賦重疊用事，賦四句以前不見題，賦押官韻無來處，賦得一句末與第二句末用平聲不協韻，賦側韻第三句末用平聲，賦初入韻用隔句對，第二句無韻。拘忌宏多，頗爲煩碎。又淳熙重修文書式，凡廟諱、御名本字外，同音之字應避者凡三百一十七；又有舊諱濮王、秀王諸諱應避者二十一。是下筆之時，先有三四百字禁不得用，則其所作，苟合格式而已。其浮泛庸淺，千手一律，固亦不足怪矣。

——《四庫全書總目》卷一九一集部總集類存目一